D0967038

Traficantes de belleza

Autores Españoles e Iberoamericanos

Zoé Valdés

Traficantes de belleza

PLANETA

863
V2323t
Sp

Este libro no podrá ser reproducido, ni total ni parcialmente, sin el previo permiso escrito del editor. Todos los derechos reservados

© Zoé Valdés, 1998
© Editorial Planeta, S. A., 1998
Córcega, 273-279, 08008 Barcelona (España)

Realización de la sobrecubierta: Departamento de Diseño de Editorial Planeta

Ilustración de la sobrecubierta: foto © Luis Marden/National Geographic/ASA

Primera edición: junio de 1998
Segunda edición: junio de 1998 (especial para Planeta Internacional, S. A.)

Depósito Legal: B. 27.109-1998

ISBN 84-08-02544-9

Composición: Foto Informática, S. A.

Impresión y encuadernación: Printer Industria Gráfica, S. A.

Printed in Spain - Impreso en España

A Iván y Ulises

Pero de todos modos,
he de decir en este alto
que hago en el camino de mi sangre,
que esto que estoy contando no es un cuento;
es una historia limpia, que es mi historia;
es una vida honrada que he vivido,
un estilo que el mundo va perdiendo.

DULCE MARÍA LOYNAZ,
Últimos días de una casa

TRAFICANTE DE MARFIL, MELONES ROJOS

—

... saltando como un ángel creado por
el hombre hasta la playa jubilosa y errante que los deshace en el tórrido azul real.

CINTIO VITIER

No era grandullona, ni caderúa, ni trigueña exótica. No tenía ojos egipcios y las teticas no encajaban en los escotes. Contaba dieciocho años y era, como bien decía su amiga la Polaca, la querindanga de un funcionario de cincuenta y nueve. El titimaníaco (viejo con poder, cazador de titis, es decir, pollitos, niñas; pedófilo en resumen) alquiló un cuarto con televisor ruso a color, prometió un vídeo a su regreso de un viaje al extranjero, y fue a buscarla en Lada a la escuela hasta que ella decidió abandonar los estudios para parecerse al mito de la B.B. La Brigitte Bardot hacía siempre lo contrario: cuando todo el mundo se casaba, ella divorciaba, y después, cuando todo el mundo divorciaba, ella quería contraer matrimonio al cabo de convencional relación. Había leído esto en la última *Paris-Match* prestada por la Polaca.

Pasaba sola la mayor parte de los días y de las noches. Su madre le había hecho la cruz del gato desde que supo que ella, su propia hija menor, compartía la cama de su jefe. Con quien, entre paréntesis, la madre había flirteado hasta más no poder con tal de mejorar la situación laboral y brindar mejor vida a la prole. El viejo, ni corto ni perezoso, se encargó de convencer a la joven de que el despecho de la madre era muy lógico, humillada por doble partida, material y sexualmente. Ya olvidaría y perdonaría. El futuro despeja tantas y tantas cosas.

Sola, leía y leía libros o revistas llevadas por la Polaca. De los viajes a los tan añorados países extranjeros, su viejo sólo traía trapajos de cabaretucho, maquillajes baratísimos y zapatos fuera de moda. La Polaca no cesaba de burlarse de ella, ¿qué podía encontrarle a ese temba? La ausencia de padre podía ser la explicación. La Polaca no entendía por qué ella siempre iba a la contraria; las relaciones amorosas, entre comillas, con funcionarios no se usaban, no brindaban ningún grato placer, no aportaban beneficios, y mucho menos ahora, con autos, pero sin gasolina. El día de mañana metían la mano, digo, robaban, se embarcaban en un lío político y adiós viajecitos. ¡De cabeza al plan pijama!

Su amiga íntima era la Polaca. La confesora y consejera. Ahora, lo último de los muñequitos era *lavar para la calle*, significaba casarse con un extranjero. Para la Polaca era muy fácil, pues había estudiado, alardeaba de ser escritora, aunque ella nunca le conoció un libro. La Polaca hablaba inglés, japonés, francés, alemán, italiano, húngaro, ruso y esperanto, lenguas todas aprendidas en la escuela de la cama. A excepción del esperanto, que lo adquirió en la cárcel de Nuevo Amanecer, una temporada de seis meses que debió internarse por allá; cuenta que la pusieron a tocar piano y a aprender un idioma, ella aceptó por el aquello de que nunca se sabe en qué cama geográfica te puede sorprender la vida. En fin, ya sabemos, aceptaba o la molían a puñaladas.

Olía a italiano y ahí estaba la Polaca. Su afición eran los italianos. Pues los franceses son muy romanticones, eso sí, pero regalan un perfume barato y apestoso de Tati, dos comidas con ostras, y ojos que te vieron ir... jamás te verán volver. Los españoles doran la píldora con chorizos mohosos de diplotienda. Los alemanes creen que la mejor paga es perfeccionar el acento. Los japoneses soban la nuca con masajes terapéuticos, antes de partir obsequian un álbum de fotos, y los más generosos dejan a modo de imborrable recuerdo algún equipo de la más avanzada tecnología, o acupuntura en las orejas, cosa de calmar la ansiedad. Los ingleses son todos casados, se hallan en quiebra, ¡y sufren una clase de cargos de conciencia! Los canadienses playa a pulso. Con los americanos de seguro le colgaban el cartelito de agentona de la CIA, cuando en realidad lo que estabas era templando con el *enemigo*, tumbándole unos veinte fulas que luego gastabas en pasta dental y desodorante para vengarte del embargo. Los latinoamericanos metían tremendas muelas sobre la deuda externa, de las posibles revoluciones venideras, de la corrupción de los presidentes respectivos, del hambre y la miseria, sin querer ver el hambre y la miseria cubanas. El tercer mundo se les transforma en mundillo mundanal de cuarta categoría cuando se les revientan los ojos detrás de un culo de negrita pandillera. Don primitivista que comparten con los gallegos, pues mientras éstos descargan sus complejos de conquistadores y esclavistas pagando con espejitos y baratijas, los primeros no se han liberado de sus ambiciosos sueños de capataces, negreros, en fin... El ex campo socialista aún estaba por explorar, no eran su fuerte las mentes retorcidas. Sin embargo, los italianos constituían punto aparte. Ellos sí que se casaban, sin antecedentes penales, ibas directo y sin escala a un palacio veneciano. La Polaca hablaba así por experiencia de varias amigas, que de *tintoreras*, habían llegado lejíiisimo, todas casadas con auténticos herederos del Dante. Tranformadas en *tintorettas*.

Ella se llamaba Beatriz. No quería moverse, no quería hacer nada. Amaba al viejo, pero en ocasiones había ansiado matarlo. Ella aún no sabía lo que quería. Dormía demasiado. Es cierto que le encantó el sabor de los bombones que trajo la Polaca, los Bacci, *besito* en italiano; cada uno venía envuelto en un verso de un poeta diferente. Al terminarlos descubrió que los autores se repetían, pero también pudo conocer a varios escritores que no había leído, por ejemplo a Rimbaud. Y buscó los libros en librerías de viejo, o pidió prestados. Leyó como una loca, libros a montones, sin pretensión de lectora culta, que es como mejor se lee. A Rimbaud no le fue fácil hallarlo entero.

Filmaban una película sobre la esclavitud en la plaza de la Catedral. Los negros imprimían demasiada autoridad a los roles de esclavos. Los mostachudos blancos, en su empeño de graduarse de ingenieros o de cualquier cosa, manchaban la criolla ligereza de la contradanza con cuentas aritméticas emborronadas de café. Los extras eran jóvenes en busca de entretenimiento y dinero. Ni los negros sabían hacer de esclavos ni los blancos de amos. Para colmo, pensó el director de cine, todos fueron agrupados; mientras les empujaban, ellos seguían distraídos en aprender movimientos de un nuevo baile. La productora se hinchó, crispada, enferma de los nervios, de lo único que no se puede enfermar un productor. Vestida de época, cosa de no desentonar, bastante frustrada, bajó setecientas veces la escalerilla de la calesa con la mano estiradita, como de gran dama, intentando explicar a los figurantes más retintos cómo se hubiera comportado un calesero del siglo diecinueve ante la finísima señorita apertrechada de encajes nacarados presta a descender.

De ahí, algunos se fugaban a una reunión de lunáticos en donde devoraban chícharos congelados. Otros huían de una guardia del comité militar, sumándose a la producción cinematográfica más cara del país, inventando un rol protagónico, con la idea fija de obtener un pase de fin de semana. En verdad eran extras de poca monta, y una vez terminado el plano, o su paseo por delante de la cámara, se largaban a la multitudinaria terapia de ron y dominó.

Eran las doce del día y el director pedía a todo costo que fuera de noche en pleno mediodía tropical. Para conseguirlo encerró a los actores en una capilla de la catedral y dispersó humo de sándalo. Al asistente de dirección se le desprendieron las retinas, la atmósfera fue transformada en una madrugada de junio en San Petersburgo, olorosa a antibióticos y a guarapo podrido, color esmeralda, dentro de un vaso soplado en Venecia.

Mientras tanto, Beatriz se viste a lo comoquiera. Calza sus pies con unas sandalias monótonamente suecas, recoge treinta enmohecidas monedas de a veinte centavos, introduce el pomo de cristal de a un litro dentro de un nailon de zapatos Bally, y sale a la caza de yogur para el desayuno. Así, con esa pinta de putica alebrestada entra Beatriz, vestida de tirantes y algodón, el dobladillo recogido cinco dedos por encima de las rodillas, las uñas de los pies pintadas de perla blanca (exigencia del titimaníaco), los pies enjaulados en nórdica madera, una liga de oficina estrangulando el escuálido rabo de mula, y un nailon gastado, traído de una lejana y carísima peletería europea. La Polaca siempre obsequiaba la envoltura de los regalos que recibía. Dentro de la jaba plástica, luego de sobornar al dependiente del punto de leche y de zumbarse una cola de una manzana a la redonda, se recalentaba un litro lleno de grumos agriados de yogur de soja. Así, lo más finisecular que pudo, entró Beatriz en la maqueta de la esclavitud, sin enterarse, y claro está, jodiendo el plano cinematográfico.

—¡Mieeerda, pero, ¿quién coño es ésa?! ¡Una china-rubia-contemporánea! ¡Cooorten! —escandalizó frenético el director.

En ese instante flotó otra nube de sándalo, borrando a Beatriz del espectáculo actuando con naturalidad, exigido por el trance de los artistas. En seguida, cosa de embarajar, la productora le encasquetó una peluca negra de relucientes pasitas, embetunó de carmelita su piel más sobresaliente, colgó una bata blanca de su cuerpo, y hasta puso en la bemba de la joven un bocadillo de mulata de salón. El pomo de yogur de soja reculó de mano en mano, hasta quedar escondido detrás de un racimo de plátanos machos proveniente de una supuesta quinta de otrora, en donde la humedad y los machetazos habían pasmado con implacable dejadez.

Fue, cuando, en el más allá, sentado a una mesa de mármol cuya base era de bronce puro y repulido, agresivo en su meditación, frente a una taza de té con limón, Beatriz descubrió el retrato desgreñado de otro contemporáneo. El mentón apoyado en la palma de la mano semicerrada, el codo encajado en la eternidad de una página. Beatriz notó que ella y él se parecían como hermanos, o mejor, como esos amantes que de tanto amarse llegan a imitarse, con tal de enamorarse de sí mismos, sin necesidad de espejos. Concluyó que con el viejo jamás ocurriría semejante enigma, seguro que no.

Primero Beatriz sacó con levedad el pie derecho del límite de la nada, después saltó hacia la vivencia durable de lo real. Pasó por debajo del chorro de agua de la fuente que decora al restaurante, desembarazándose del andamiaje de mestiza. Nadie notó la huida, y quizá creyeron que se trataba de una exquisita salida premeditada por el ojo genial situado detrás del lente.

Beatriz enfocó al contemporáneo, para recordar que lo más importante era recuperar el yogur. Volvió a entreabrir el velo, y a gatas logró deslizar su leve cuerpo hasta la tienda de frutas, allí aprovechó un descuido de los demás, atrapó la botella y otra vez felina se escabulló a su época.

El contemporáneo clavó sus pupilas en la joven vestida de fango, quien ahora reptaba hacia la mesa, con un nailon Bally cuya punta sostenía con el puño apretado.

—*¡Cual un tesoro en el bosque!* —exclamó al tiempo que escribía esa frase en el papel dilatado por la mancha de té sudada por el vaso. Experimentó frenéticos deseos de que ella lo invitara a la playa. Ella o cualquiera, pero con preferencia ella.

La muchacha se puso en pie y escupió una piedrecita. Pensó que lo más razonable sería poner el litro de yogur encima de la mesa, sentarse junto al que de seguro podría ser su amigo en algunos minutos, desde luego antes lo invitaría a beber algo más que un té. Un *ja, ja, ja,* por ejemplo, así se llamaba en la actualidad al cuba libre en sentido irónico. Beatriz se asombró de la velocidad de sus planes. El contemporáneo rechazó con descaro la invitación. Un *no* rotundo. Hizo un ademán versallesco, como queriendo decir que el té y el yogur no pegaban *ni con goma, ni con gomina, ni con la saya de Carolina* (según el corriente dicho escolar). Aclaró que ella no le invitaba a yogur, más bien a ron. Beatriz examinó la erre pronunciada por el contemporáneo, su acento, y le vino a la mente cuando de niña había sufrido de frenillo: *erre con erre cigarro, erre con erre barril, rápido corren los carros por los raíles del ferrocarril.* Su tía la obligaba a recitar el estribillo con la boca repleta de piedras, pues creía que tal defecto se curaba como la gaguera. El resultado fue que Beatriz quedó con la infinita sensación de escupir una arenilla insolente que impedía decir lo que le venía en gana. Entonces se hizo lírica. En la lectura halló el camino visionario de la palabra. Captaba imágenes con la romántica ambición de que hubieran podido ser escritas para ella. Alguna que otra vez le había picado el bichito de dedicarse a la escritura, pero la Polaca se le había adelantado, e hizo que lo olvidaba, confundiéndose aún más. No podía pretender ser alguien en un siglo que trocaba la acción de ser con el papel del ser. Ser, contra lo imposible, la seducía tanto como darse para lo posible en el terreno insólito, egotista y profundo del amor y del arte. Peroen , definitiva, ella no era una artista, y jamás se había enamorado como para cortarse la yugular. Apreciaba al viejo como mismo apreciaba a su madre, porque estaban puestos ahí, en su vida. Colocada en exacta posición de adivinar, acertó en un segundo intento, al proponer al contemporáneo un viaje al mar.

Bruscos caminaron por el empedrado de antiguas calles buscando la avenida de los taxis. Aún no sabían ir uno al lado del otro, y mucho menos, con el atravesado esfuerzo de contar algo interesante, cosa de precipitar en lo más hondo el conocimiento de ambos. Él exhibía con impertinencia su don de extranjero, esgrimía la fatiga de los aviones cual experiencia irrepetible, restregándole en la cara que él sí podía viajar, cruzar fronteras libremente. Contó la tragedia de un duelo a balazos con el mejor de los amigos en una de las más hermosas plazas europeas. Beatriz no creyó un milímetro de esa historia, pero de todas formas sonrió. Precisamente eso anhelaba ella, un amigo. Jugar otra vez en un patio oloroso a jazmines quemados. Él no respondió ni que sí ni que no. El deseo del contemporáneo no iba más allá que el de achicharrar sus pulmones con salitre, curtirse *con climas perdidos... Nadar, pisotear hierba...*, dijo citándose a sí mismo. Sin intención él hablaba como para enamorar, tampoco Beatriz escuchaba con esta previsión. Pero la curiosidad de quién sabía si le llegaría a gustar...

—¿Eres casado? —preguntó calculadora.

—No me acuerdo, creo que no, ¿qué tiene eso que ver con nosotros?

—No me gustan los casados. Yo tengo un viejo. Cuando sea vieja tendré un joven.

—No es nada original, serás una más.

—Sé que siempre seré una más.

—¡Al fin encuentro a alguien con quien podré hablar tonterías!

Un abismo de interrupciones barrió la magia de la conversación. La gente se volteaba para admirarlos tan nuevos, tan despreocupados de la realidad circundante, preguntaban la hora para averiguar si eran o no turistas, hurgaban en los acentos. Detrás del ordinario examen fueron perseguidos unos veinte metros reclamándoles chicles de menta para refrescar las encías, leche para calmar la acidez, jabón para asearse.

Beatriz tapió los oídos con un blando silbido estratégico, tinta en frialdad cual degollada muñeca de porcelana. La frecuente ausencia de diálogos inteligentes la estaba volviendo estúpidamente pueril, como una falsa ingenua. Supo entonces que decir imbecilidades a conciencia podía ser un lindo juego inteligente y evasivo. Emanó un aroma a tilapia que les empapó con una mota líquida de sudor encima de los labios. Entre ese olor incrustándosele en la ropa y los desvencijados solares abiertos de par en par terminó la calle polvorienta, por fin desembocaron en el asfalto en otra dimensión, espejeante de chapas de cervezas hincadas desde hacía décadas. El contemporáneo intentó detener algunos taxis.

—Ésos son *espaciales*, no paran. Agita un billete de a veinte dráculas, o fulas, en la mano, y de la nada surgirán carrozas especiales, dispuestas a conducirte a la luna si fuera necesario; consejo de mi socia la Polaca.

—No tengo dráculas, lo que tengo son frankeistenes.

—¡Ah, ya manejas el argot, superbién! —Beatriz quedó fría—. Entonces saca un billete de a cien francos y verás cómo se ponen para tu cartón todos los taxis del planeta.

Cinco minutos después iban rumbo a las playas del este, con cierto dinero complicado en el pantalón de lino de él (esta historia transcurre en la época en que era penado por la ley poseer divisas) y el yogur fermentado dentro de la bolsa Bally. El taxista aceptó llevarlos, pero que quedara claro, que constara, vaya, que él no conspiraba extraño con jineteras. Al rato interrogó al contemporáneo sobre si él era troglodita. Beatriz, que ya conocía esa clase de equívocos, aclaró que sí, que su amigo era políglota.

—Pal caso e' lo mismo, tú me entendiste, tú te desenvuelves en el medio, en el giro este de los turistas y etcétera...

Tarareando *La vie en rose* permitió que hablaran del tiempo y de la remota posibilidad de lluvias imprevistas, de vientos violentos, en día tan soleado. Sin embargo, ya sabemos que en la isla puede hacer un sol que raja las piedras y un segundo más tarde puede caer un aguacero de madre y muy señora mía.

El auto bordeó la playa tragando betún de Judea a todo trapo. La incandescencia del silencio quebró los huesos y percibieron que el día se agotaba sin gestos en el bochorno ambiental. Beatriz escuchó tiesa. El contemporáneo sólo movió imperceptiblemente los labios. El sudor corrió, en colectivo, entre senos y verijas. El conductor dobló en cuatro partes un pañuelo extraído del bolsillo trasero del pantalón con la mano del guaposo, liberado del timón, luego lo colocó detrás de la nuca a modo de cuello Mao. Machazo temerario, él sí podía gesticular a fondo, la camisa desabotonada hasta el ombligo, pelo en pecho. Pecho empinado, henchido, cosa de impresionar. El grajo le desalmidonó el uniforme. Contó que su mujercita planchaba y planchaba tongones de ropa almidonada como una caballa. Pegajosa, su lengua escupió una babaza carmelitosa, residuos del último buche de café.

Beatriz observó de reojo al contemporáneo. Él, contraído, estudiaba el paisaje, como quien no admite toda la belleza de golpe. Escogieron la playa más lejana de la ciudad, y a esa altura se detuvo el destino con chirrido estrepitoso de gomas. El chófer acudió a la disculpa por el exceso de rapidez, recordando que no había comido nada, que había estado en blanco durante todo el maldito día, sin calentar las tripas. Allí los abandonó, antes cobró de más por la carrera, y de un portazo desató la sensación de que en las islas la aventura es inmortal e inmoral.

Ella ansiaba saber más, aunque le molestaba preguntar. Ella se moría por acostarse de una vez, ¡en la cama se averigua tanto! Pasearon entre las palmas recogiendo a su paso rastrojos de algas y caracoles. Por fin, cerca de la orilla, se desnudó explotando sus crisis infantiles; convirtiendo ese espacio de vida en una película en blanco y negro, con frases a lo Cocteau:

—No me encuero por provocación, lo hago para que notes más pronto que mi belleza es interior, para hablar y forcejear con el pensamiento, no con el cuerpo. —También le encantaba decir lo contrario a lo que pensaba, sabía disfrutar la doble moral, el doble lenguaje.

—Eso es pura provocación —farfulló sin ponerse tenso.

El contemporáneo significaba la presencia del deseo, o una imagen fabricada expresamente para que ella lograra revelar su secreto, el porqué se sentía un atributo de la historia, semejante a no importa qué cubano. Él se movió en dirección a la joven, sin impresionarse por la existencia de un espléndido cuerpo ambiguo.

—¿Disfrutas haciendo el amor con un viejo? —Ella asintió vacilante—. Sé que gozas a medias, o no gozas nada. Al menos no cuando te penetra, más bien cuando chupa tu clítoris. Sospecho que aún no conoces tu cuerpo, ni tu morbo.

—¿Cuándo lo conoceré? ¿Qué adivinas en mi cuerpo? No me aterroriza que me mires fijo el bollo.

Para él aquello no era privado. Ella había dicho *bollo* y no sexo, lo cual le quitaba el sentido de intimidad. Él fingió no hacerle caso, y contó con voz crapulosa fragmentos de su pasado, cómo había quemado sus emociones desde muy temprana edad con el único objetivo de evadir comprometedoras respuestas sobre la existencia, sobre la vida. Explicó además que había escrito lo necesario como para hundir su alma en la más ardiente prueba de soledad. Había decidido desde hacía años no privilegiar a nadie con sus versos, quiso enterrarlos en su propia música. Entonces se inventó un personaje, se autovendió un rol, se autoengañó, se hizo creer que él era otro dentro de sí, y por ese filón escapó. Viajó con los sobresaltos del campeón que experimenta un placer muy egoísta, idéntico al boxeador que eyacula luego de haber noqueado al contrincante. Beatriz creyó por un instante que había cazado a un ángel; sin embargo en seguida se acordó de la Polaca. Hoy deseaba probar ser como ella, una putica culta, sana y barata, tal como las publicitaba el Comandante en sus discursos. Lo cual no evitaba las redadas policiales.

—Hablando de eyaculación, soy experta en provocarlas con la boca. Cobro caro porque soy militante y el riesgo político es mayor; si me parten mamándosela a un extranjero me meten presa en Nuevo Amanecer.

Él no había venido para eso, para desgastarse frente al océano y afanarse con una mamadora, diz que profesional, extremista para colmo, frágil y encuera a la pelota como una víctima de un campo de concentración. Él viajaba para sacudirse el último rayo de sol, dormir sobre la arena, fatal y dichoso de su fatalidad. Beatriz había confundido el desear un amigo con la rasa perfección de la conquista. Para ella lo perfecto era templar y después amar. Sin piedad, lo había aprendido con su viejo.

—Tengo sed —resumió él buscando una cafetería a lo lejos.

—¿Crees que yo debiera estudiar? Sabes, dejé la escuela, bebo alcohol de noventa, y me drogo con todo.

—Tú estudias mucho, lees. Se nota en las arrugas que tienen tus dedos. Los autodidactas cierran los puños, duermen con la mano en el sexo, en posición fetal, se rodean de gente mayor que ellos. La ausencia de profesores es la causa. Tú no eres de aula, eres de mundo, ¿me copias? ¡Ah, me fascina ser imbécil! ¡Tengo sed, mierda!

La bolsa conteniendo el yogur había sido olvidada en el auto, por los alrededores no se divisaban indicios de oasis turísticos. El mundo parecía un mal momento por el que tenían que atravesar sin remedio. El contemporáneo evocó su época de vicioso, de heroinómano, comía en los latones de basura, aspiraba dolorosos polvos y se acostaba debajo de los puentes parisinos, bestialmente alcoholizado. La joven chupó su dedo del medio y puso saliva en los labios masculinos. Ni siquiera esa medida, empuñada con tierna inteligencia, dio resultado, no logró conmover el erotismo del contemporáneo, quien más bien opinaba que un beso distanciaba del encanto de las caricias, de los roces ligeros que advertían de la proximidad de la erección.

—Eres de las mujeres sin hombre, porque tú misma eres muy hombre, y eso asusta a los hombres.

—¿Y tú, eres maricón o qué?

—¿Ves? El ardor y el impulso trabarán siempre tu comunicación con los demás. Somos un planeta demasiado aburrido para ese tipo de preguntas. Digamos que soy bisexual, puedo hacerlo con mujeres, pero no siempre siento ganas.

—¡Ah, fíjate qué casualidad! Sé que también yo soy bisexual, pero nunca lo hice con una tipa, ¡me entra un nerviosismo! El viejo quiso una vez, yo empecé a llorar y la otra se vistió y nos dejó en eso.

—Por favor, hay cosas que no se cuentan.

—No tengo amigos, sólo estás tú para hablar. Paso días sin abrir la boca. En aparente paz, en soledad, y muda. Y con mal aliento.

Beatriz lloriqueó bajito tomando puñados de arena que tiraba al otro extremo de su cuerpo con rabia. El viejo había prohibido que ella viera a sus amigos, que andara en malas compañías. Sus amigos de toda la vida. El viejo argumentaba que lucían demasiado feminoides, que no los quería ver metidos en el cuarto que él alquilaba con su dinero. Además, las mujeres que frecuentaban a los maricones ya se sabía lo que se comentaba con respecto a su sexualidad: bomberas plenipotenciarias, raspiñangas de altura, tortillerazas de ringo-rango; a él no le convenía, por su trabajo, que lo pegaran con grupo tan *fisno*, pues estaba muy mayor ya para que le colgaran el cartelito de bujarrón. Sin embargo, un mediodía (el viejo templaba los mediodías pues había iniciado una dieta rigurosa y no probaba bocado en el almuerzo), en plena histeria sadomaso de descojonar el cuerpo fresco de Beatriz con pellizcos, mordidas, nalgadas, puñetazos, galletazos (así se vengaba de la vejez), el viejo rogó en un susurro algo tan desconcertante: que Beatriz le introdujera el dedo en el culo y lo llamara puta.

—¿Cómo, qué, perdón? —inquirió ella sin entender.

—Que me metas el dedo y me digas puta.

Beatriz lo lanzó de dos patadas en el estómago pellejúo, con los pies unidos, contra el espejo del escaparate.

—¡¿Así que tú informas contra mis amigos, los sobornas convirtiéndolos en informantes, los ahuyentas de mí, y ahora, cacho de hijo de puta, maricón de tertulia, me pides que te coja el culo y que te diga puta?! ¡Sí, tiene lógica, no eres más que una puta, una vieja puta! ¡¿Te gusta?!

Para mayor asombro, él inmutable, pegado al azogue, con el rostro demacrado debido al placer del orine, suspiró y su sexo escupió una diarrea endeble. Ella lloró, se quejó de haber nacido hembra, mujer. Él fue aproximándose para abrazarla, incluso besó con ternura su frente.

—Gracias, niña mía, has conseguido lo que nadie ha logrado en mucho tiempo, que me viniera así, con ofensas. Me gustaría que me ofendieras y que me golpearas más a menudo.

Beatriz sollozó con mayor fuerza. Sin consuelo, porque, además, el viejo selló la escena con broche de oro, dando la siguiente orden:

—Y procura que esto no salga de estas cuatro paredes, que quede claro, que soy muy macho.

Ella se deshizo en llanto, arañó sus brazos hasta sangrar, la rabia la cegaba porque se daba cuenta de toda la mierda que navega en los cerebros de muchas personas importantes, aquellas que deciden en un gobierno. Y lo único que no deseaba tener, por instinto, era mierda en la cabeza. Entonces haciendo un esfuerzo dejó de lamentarse para asumir su humilde posición.

La incandescencia de la playa venció a sus recuerdos; a lo lejos apareció una figura empujando una carretilla de las de antes, similares a las que se parqueaban los domingos en la placita del Espíritu Santo. Beatriz hizo señas para que se acercara; el vendedor corrió hacia su única aspiración: vender.

—¡Melones rojos! —exclamó eufórico el contemporáneo.

El vendedor respondió como un resorte:

—¡Y tamales también! Ahí, debajo de los melones —dijo mirando receloso para todos lados—. Si compran tamales se los comen discreticos, tú sabes cómo es la cosa, lío con el maíz, que de dónde me lo robo, lío con el puerco, que de dónde me la facho... ¿De dónde me la facho? ¡De dónde me la voy a fachar! A ustedes se lo voy a decir porque tienen cara de buena gente, y cuidao no sean buen-agente, mira que si me echan palante los busco donde sea y les parto la vida,

¿que de dónde saco el maíz y el puerco? De la bolsa negrísima de valores, ¡En *dolores* Santa Cruz, ni ná, ni ná, en verdes! Así que me pagan en fulas o no comen. *Verde que te quiero verde.*

Los ojos del vendedor se asemejaban a los de un gato, su piel brillaba como la piel de los modelos en las revistas italianas de moda. Era un clásico muchacho bello, sin misterio. Cobró diez dólares (el contemporáneo pagó el equivalente en francos) haciéndose el perseguido.

Contraria a la reacción del contemporáneo, el vendedor en seguida apreció la desnudez de Beatriz, aunque semicubierta por la arena; erizándosele la candidez, el rostro se le malogró en un exceso de muecas nerviosas, diría que proféticas con respecto a la reacción que tuvo un instante después, un friíto fue recorriéndolo desde la inflamación de las venas del cuello hasta la ancestral fuga del traidor inferior en dirección a las nubes. El contemporáneo soltó la más terrible de las carcajadas y el penacho se fue al piso. No por ello el vendedor se dio por vencido; entonces trató de quedar inmóvil, cual bronce griego. Al punto, Beatriz supo darse cuenta de que podía utilizar al moreno para capturar a su nuevo amigo, porque la muchacha ya se sentía perdidamente enamorada del bisexual. Nosotras somos así, siempre nos cogemos con lo casi imposible. La intriga de los celos no caminaba con el contemporáneo, quien, con demasiada experiencia de la vida y curado de todo espanto, se había sentado insolente sobre el vestido de ella. Impávido devoraba melones haciendo ruidos eróticos al chupar la masa mojada.

—¿Nadie quiere tamal? Hablen rápido porque yo tengo que vender esto hoy y no me voy a eternizar aquí todo el día. Regálame un cigarro de los tuyos, francés, porque tú debes de ser francés... Tengo mariguana para cargarlos —el negociante pidió sugiriendo al descaro.

Mientras masticaba semillas negras, el contemporáneo hurgó en los bolsillos y extrajo tres *gauloises* con filtro. El vendedor los cargó de yerba. Era la primera vez que ella fumaba y no pudo evitar gravedad en la sensación.

—¿Y tú en qué trabajas? —le tiró el vendedor al contemporáneo.

—No estoy seguro de que se le pueda llamar trabajo. Soy traficante de marfil.

Al otro se le encandiló la mirada, cual pantera descubriendo los excesos del espejo. Lanzó continuas bocanadas de humo y recorrió maligno a Beatriz con aires de castigador, augurio de *te jodiste, voy a echar la tarde aquí, te salé el jineteo.* Prosiguió confianzudo, interrogador del otro. El otro había entrado en éxtasis y chupaba cortezas de la lujuriosa fruta. El contemporáneo respondió con hechos, e invadido de líquido empinó el penacho y meó al cielo luminoso:

—*Muy lejos y muy alto con venia y beneplácito de los heliotropos* —pronunció suspirante.

El vendedor, en desacuerdo con alguien que meara más alto que él, pujó sin conseguirlo, entonces escondió el rostro contra la ardida arena, enlutando el coraje de conquistador de jóvenes gélidas y prohibidas. Sin embargo, fue ella quien se le aproximó, y, sin dejar de mirar al contemporáneo, tomó entre sus manos el rabo del vendedor y comenzó a lamerlo. Al rato, el lamido se vino como un caballo; el contemporáneo, que se pajeaba solo, también escupió su calor. Ella se quedó en eso, sin eso.

Beatriz decidió apartarse, vigilar el mar conteniendo quejidos fúnebres. Rompió la voluptuosidad de anillarse en las olas. Canturreando cancioncitas estúpidas permaneció clavada en la arena. El mar le pareció un error, es decir, la muerte. Se creyó actriz, una extraña que diseñaba otra realidad debiéndole esta existencia. Parada, contempló largamente el océano, después con peor desgano observó los cuerpos de ese mediodía. Uno que la rechazaba sin ella saber por qué, el segundo que se moría por templársela. Los abandonó resignados al salitre. Encaminó sus pasos al agua, defendiendo sus presentimientos con justificaciones inútiles: tal vez ella no le gustaba a él, tal vez era solamente una cuestión de gusto. Todo esto era nuevo para ella, ocurría por primera vez, pero de seguro algún día se repetiría y sería con alguien a la inversa, que fuera ella quien despreciara. Sumergida hasta el último pelo respiró por la nariz y por la boca, el instinto otra vez la sacó a flote, tosió flema por los amoratados labios. Nadie se enteró siquiera de que era mala actriz, o más bien, y hablando en plata, de que era una floja de piernas. El suicidio no se podía conseguir con tanta conciencia, y mucho menos con dos espectadores de esa calaña. Una vez recuperada del impacto contra el reflejo, de lo que ella misma denominó su mediocridad, nadó por debajo del agua. Le agradaba burlarse de sus dos acompañantes mientras nadaba. ¿Por qué ansiaba singar con el contemporáneo? ¿Por qué ansiaba tan teatralmente matarse? Nadó hasta hallar unas rodillas que le hicieron barrera. Pegada a ellas emergió arrasando aquel pubis, el pecho, y el rostro... del contemporáneo. Él mantuvo los ojos cerrados, riendo irónico:

—Lávame, agítame, estoy harto de las grandes ciudades, del estigma de ser ciudadano. *Merde!* El aire me angustia y sobrevivo yerto, siento más que nunca la ausencia de corazón como si me amputaran la pierna. No soy valiente, la valentía es un gargajo de dictador colgado en la cara, es entonces cuando estás dispuesto a matar. Aaaah, estoy harto, deseo escribir, vender melones rojos, amar. Es cierto que hasta me siento satisfecho de estar harto. De esa manera me siento perfecto, único, envidiado, poderoso. ¡Mentira, odio el poder, odio todo eso que nos oprime! Encajar un puñal en la luz es lo que ustedes merecen que yo haga. Es lo que pienso hacer ahora mismo. Mi extracción social es de pensamiento y odio, los ejerzo para sentir mejor el amor, para delimitar las diferencias. No necesito ser tierno, maldigo la política, el gobierno, y nunca, nunca, nunca estaré alegre. Mi tristeza es mi protesta. ¡Lávame, agítame!

Beatriz se asustó porque aquello sonaba a anarquismo, a inconformidad con el sistema, a voluntarismo. Reflexionó en segundos, quizá era su manera de seducir a una mujer. Beatriz reculó lo suficiente como para encimarle un indeciso gaznatón.

—¿Y para qué te desnudas entonces? —replicó el vendedor, quien había llegado nadando en total sigilo y atrabancó por detrás a la muchacha.

El contemporáneo se abrazó a ellos, lloraba con cinematográfico hipo; de repente el llanto se congeló en risa desenfrenada. Los otros, contagiados con aquel arrebato, lanzaron andanadas de olas, persiguiéndolo mientras fraguaban carreras en el índigo espejeante.

El contemporáneo se detuvo de un golpe abrazándolos de nuevo. Primero besó a Beatriz. Entretanto, el vendedor se relamía cual gato con su pescado. Luego, el contemporáneo miró fijo a lo hondo de los felinos ojos del vendedor, se le tiró y mordió sus labios a la fuerza. Sí, así fue, en aquella apretada y resistente boca heterosexual. Cuando volvió en sí, el otro ya había tomado distancia, y le largaba un piñazo en plena cara, por nada le fractura el tabique nasal. La nariz del contemporáneo sangró a borbotones, el mar fue tiñéndose de aspereza y de maldiciones. El vendedor agarró a la muchacha por la mano y, apartándola, advirtió furioso:

—Oye, este tipo no es confiable. Es maricón, ¿lo viste? Y puede que hasta espía, yo que tú llamo a la fiana.

Otro que la defraudaba. Que lo tomaba todo a lo trascendental.

—¿Quién te dijo que si un hombre besa a otro hay que avisar a la policía? ¿Los rusos no se besan en la boca? Una vez vi en la televisión a Gorbachov besar a otro en la boca.

—¡Ah, no, no, no, qué va, a mí no me vas a perjudicar así! Empezando, a mí los *hermanos* soviéticos nunca me importaron un carajo, ni antes, ni ahora que están en baja, que nadie los quiere, que son unos indeseables, unos escorias. ¡Y de Gorbachov ni me hables! ¡Llegó, se instaló, puso todo patas arriba, nos dejó en la miseria y se largó a Miami! Lo mío son los melones y los tamales. ¡Y si puedo, un día, cojo el mismo trillo, venao, de Gorby! ¡Miami street!... Pero si éste quiere cama que pague en fulas, y que le quede bien clarito que en este país los chupones de un tipo a otro cuestan carísimos, cincuenta dólares, a ver si se embulla ahora a jugar a los besitos y a las espaditas. ¡Allá tú, me fui!

El vendedor nadó como un rayo desapareciendo con su carretilla en el cortinaje de palmeras recelosas. El pálido brazo cubierto de pecas rojizas de Beatriz descorrió una especie de velo de imprevisibles nubes. Una tempestad de agujas de coser bordó con desparpajo el doble horizonte. Parecía como si los goterones cosieran los cerebros. Incomunicados de la orilla, esperaron, temerosos de atraer la electricidad del relámpago con los pies contactando caracoles. La nube prieta llevaba la silueta de una bala de cañón y disparó, enérgica. Nuevamente apareció la cremosidad del cielo, y más tarde el sol. El mar limpió la herida del joven. El mar todo lo cura. El verde marino diluido en el rostro del contemporáneo acentuó su orgullo. Ella lo invitó a regresar halado por los cabellos. Él contestó con un manotazo. Todavía, inmóvil de pensamiento, sin saber qué debía responder:

—Déjate querer —insinuó Beatriz.

Dejarse querer para él significaba dejarse dominar, cuando su meta era perfilar el alma de los demás con un dedo autoritario y ensangrentado. La muchacha exprimió sus cabellos, anudándolos alrededor del cuello. Encogiéndose de hombros lo dejó plantado, convencida de que estaba simplemente loco. Un loco más, algo que sobra en este país. Ella también tomó el rumbo del vendedor.

El vértigo ahogó al contemporáneo. Su psiquis elaboró la soledad en el centro del océano. Hundiendo lentísimas brazadas en el rastro dejado por Beatriz llegó hasta ella. La halló vestida, salada y pegajosa.

—Me agradó tu homenaje al kabuki. A mí también me encanta vivir teatralmente. Es como mejor puedo asumir la doble moral. Pero lo que tú desconoces es que ése es el estado natural de nuestras vidas, la teatralidad. Tú eres extranjero, puedes largarte cuando lo desees, salir o entrar en escena cuando te dé la gana, nosotros no. Nosotros tenemos que actuar eternamente, sin siquiera darnos cuenta. Por ejemplo, siempre juego a que cuando alguien dice algo lo viro al revés y así obtengo, más o menos, la verdad de lo que cree —fue el discurso de Beatriz.

—¿Por qué ustedes, los cubanos, necesitan tanto de la verdad?

—Es el defectico de las revoluciones, se creen las dueñas de la verdad, para ellas sólo existe la verdad.

—Mira, Beatriz, tengo que confesarte algo que sí es verdad... —Los dos rieron como dementes—. No pertenezco a esta época, debo regresar urgente a la mía. Soy un poeta de finales del siglo pasado que sobrevivió a este siglo —expresó jadeando espuma, con el pelo escurrido sobre las ampollas de los hombros.

—No te preocupes: si me interrogan diré que fue un sueño.

—¿Y si lo fuera?

—Me libraría del interrogatorio, ¿a quién le interesan los sueños?

Avanzaron hacia la parada de la guagua.

—Beatriz, fue un placer venir contigo a la playa, fue lindo conocerte.

—No me conoces. Para mí sí que fue un placer, es la primera vez que veo la cara de un poeta. En la tele no salen.

Una vez en la parada del ómnibus la multitud los arrastró cargándolos en peso avorazada por ganar espacio en el interior del vehículo, el cual hacía horas de horas que esperaban. La marea humana estaba a favor de ellos y pudieron montar horizontales, a través de la ventanilla. En un abrir y cerrar de ojos se hallaron como sardinas en lata, oprimidos entre sobacos arenosos, mentones engrasados, vientres prominentes y penes en igual condición. La puerta pellizcó la espalda del último pasajero, quien sin ser sordo necesitaba enfermarse de ruido con el transistor a toda mecha pegado a la oreja.

—Di si encontraste en mi pasado...

El contemporáneo intentó explicar:

—Los poetas padecen un mal endémico; cuando los invitan a la tele se vuelven invisibles delante de las cámaras, similar a los vampiros frente a los espejos. Nadie puede soportar enfrentar lo invisible, entonces no los invitan. —Rieron—. Esa comemierdería será la causa de la próxima guerra —se burló, para después aclarar muy en serio—: Llegué a través del sueño del director de cine. Soy un turista del azar, un producto, palabra que detesto, de la imaginación.

—... *una razón para olvidarme o para quererme...*

La voz del cantante de ondulante cañaveral desgranaba sabrosos recuerdos de encrespados baobabs. Beatriz no alcanzaba a escuchar bien al contemporáneo, él hubo de gritar en su oído:

—¡No poseo espacio en ninguna parte, me atreví a joder al mundo demasiado precozmente, joder al mundo con versos de adolescente iluminado, a quién se le ocurre!

Pasmado por la reacción de indiferencia que había provocado en su medio intelectual se retiró a África como traficante de marfil, y de armas, añadió avergonzado. Confesó que tampoco había sido bueno. Él era diabólico, frase que a la joven le sonó a plátano *flambé*.

Beatriz quiso alardear:

—Bah, esas cosas suceden. Así mismitico le pasó a Rimbaud.

—Yo soy él. Otro. Allí fue cuando surgió la explosión de tiempo en mi cerebro, en África. Yo soy Arthur Rimbaud.

Beny Moré, el inigualable, continuó insinuante y apacible:

—... *pides olvido...*

En el futuro alguien soñaba intensamente con el contemporáneo, trasladándolo de esta manera, junto a un cargamento de esclavos, al rodaje de una película en una isla alucinante. Todo eso lo había configurado el poder de un sueño. El sueño del director de cine había sido de tal autenticidad que el castigo dictado por los reumáticos de la imaginación, es decir, los críticos, los funcionarios, los dirigentes, fue no consagrarlo como cineasta, deshacer su ímpetu creador desparrámandole los personajes por siglos diferentes, enfermarlo de los nervios, joderlo del coco, censurarlo, ningunearlo como ser humano. Y si había que meterlo preso, lo harían. Por fortuna no se llegó a tanto. Siglos, personajes indefendibles, se autocensuraron en el deseo del artista. Indefendibles. ¿Por qué siempre debíamos estar defendiéndonos?

—Por eso transgredí otro anhelo onírico, el tuyo.

—Entiendo lo del director de cine, pero yo, ¿qué tengo yo que ver contigo? Digo, si es cierto lo que cuentas.

—Cuestión de curiosidad, de conocimiento. Tú eres distinta, por sencilla un poco más libre que los demás.

—*... si te conviene...*

Beatriz ambicionó el impulso. ¡Maldito sea el que se atreviera a frenar los sueños de aquel ángel! Beatriz intuyó que tendría mucho que ver con él, en varios aspectos ya estaba claro, al menos en uno: los dos eran ambiciosos. Ambiciosos mal vistos, de esos que no tienen seguro y tampoco les importa mucho saber lo que ambicionan. Libertad, eso era. Demasiada metafísica, o espiritismo. Beatriz tuvo miedo, como si se fuera por el tragante del lavamanos, como el último pelo de un calvo. Para no volver. El contemporáneo era tan de carne y hueso, pisaba con energía tan real el pavimento, cortaba con tanto ímpetu la brisa, que se le ocurrió que tal vez el director de cine y hasta ella misma no fueran más que sueños de él. Turistas del pasado en una mente drogada por el ansia de vislumbrar en el más allá. Por otra parte, a ella nunca se le habían aparecido los muertos, todo lo contrario de la Polaca, que contaba que ese tipo de misterio le ocurría con frecuencia.

En el más acá Beatriz tembló furiosa y obsedida por el desperdicio de no haber vivido la experiencia con mayor conciencia, ya que en cualquier caso, uno de los dos sería un sueño del otro. ¿Y ella, qué pedía? ¿La aventura o el amor? No hay diferencias, se dijo; justo gracias a ese encuentro se había percatado de el tal detalle. No había diferencias. Pero nunca sucedería con él. Ni con el viejo mucho menos. Últimamente pasaban cosas que después no podía compartir con nadie. La vida iba convirtiéndosele en un inmenso secreto. Después de esto quedaría sola. ¿Por qué siempre tenía que ir correteando de allá para acá buscando el amor? Nunca más, así quiso pensar, nunca más pensar. Sólo dos temas debía averiguar: ¿entendía el amor, entendía la muerte? ¿Debía entender ese ocurrir después de un ya inmediato y terrible? ¿Y para qué se ocupaba en entender, ella, que nunca había intentado entender nada? Ah, si el viejo se enteraba de todo aquello, de todas todas que la mano de palo no se la quitaba de arriba. No por haber ido a la playa con otro, sino porque ese otro era extranjero; sobre todo porque no soportaba a las mujeres pensadoras.

—... *no llames corazón lo que tú tienes...*

Descendieron de la guagua. Debieron hacer idéntico recorrido al del inicio, pero a la inversa, hacia el set de filmación. El de la radio continuó pegado, detrás de ellos, fingiendo estar muy distraído con la música, cuando más bien tenía puesta la guataca para la conversación de los jóvenes.

—¿A ti también te jodían la existencia reprochándote que el pasado no te pertenece, que podrás expresarte cuando pagues lo que debes a los héroes, cuando te doblegue las violencias de la vida?

—Beatriz, las personas somos todo pasado.

—Entonces, ¿qué coño es el futuro?

—Inventos para entretenernos.

—Me deprimes.

Llegaron, el director de cine abrió su cuaderno de notas escribiendo indeciso el más exquisito y audaz final.

—*De mi pasado preguntas todo, de cómo fue...*

La misma gente actual, enmascarados de antiguos, les recibió insertados en el humo de sándalo. Esclavos serenos y ambiguos dejaban deslizar a escondidas los brazos de los amos por encima de sus caderas. Enlazadas por las cinturas, señoritas aristocráticas a regañadientes disfrutaban de la opresión escalofriante de los corsés.

—*Dar por un querer la vida misma...*

El contemporáneo revisó en su mochila, extrajo y entregó un librito a Beatriz. Ella leyó asombrada el título: *Mauvais sang.* Y la dedicatoria: *A Beatriz, que soy yo, solitaria y miedosa.* Y la enigmática firma, y una vieja fecha.

—En exclusiva para tus ojos; igual que en la televisión, cualquiera que se asome a esa página la verá en blanco.

Sonrió como nadie nunca le había sonreído. Meloso y seductor. El director de cine desperdigó la orden de entrar en escena, todos ocuparon sus puestos. La productora se hinchó temiendo un desacato fuera de contexto epocal. El asistente, despabilado con un buche de ron caliente, refunfuñó porque una vez más habían suprimido la merienda. La vida se puso en función, sin sueños, sin...

—*... sin morir, eso es cariño, no lo que hay en ti...*

Beatriz dio un empujoncito por la espalda al que ella deseaba que deviniera su amigo. El pie dorado y posmoderno asaltó la vertiente irreal.

—*Yo para querer, no necesito una razón...*

Beatriz ya no quería dejarse querer.

—¡Otro contemporáneo! ¡Cooorten! —escandalizó el director con los pies bien puestos en la tierra.

Mientras más avanzaba la realidad, mayores facultades se perdían para admirar a los ángeles. Tomando al joven de la mano, lo extrajo de la maqueta de la esclavitud. Acomodado junto a la misma mesa de mármol con base de bronce en la que se encontraba cuando Beatriz lo descubrió, el contemporáneo fue borrado cual una gota de té por el paño visual del director de cine, tan fácil como quien desgarra las alas de un ángel.

—*... me sobra mucho, pero mucho, corazón.*

El contemporáneo quedó petrificado en el retrato de Fantin-Latour, todavía histérico, incomprendido, arrepentido de haber vuelto a este mundo demoledor. Sólo Beatriz poseía la facultad de juzgarlo y admirarlo.

Ella había asistido a una ambición fabulosa. Extendió el brazo y descorrió la nube. Chasqueó la lengua, o mejor dicho, frió un huevo en saliva, y se preparó para aprobar la asignatura obligatoria, la de «Doble moral». Nunca fue buena estudiante. Así que daba lo mismo si la ponchaban o no. Pero en el fondo, en el fondo, ella sabía que era obligatorio sacar el máximo.

Cerró la butaca e hizo como que tomaba conciencia de que había huido al cine con el dinero destinado para el yogur de soja. Por eso odiaba el dinero, siempre la culpabilizaba. Fingió que abandonaba la sala, tarareando una canción que no tenía nada que ver con la película. O tal vez sí.

Empezó a sentir, o a hacer creer que sentía, necesidad de sencillez, y compró un helado de vainilla. Estaba sola, sudorosa y culpable. El mar no le asentaba. Intentó convencerse a sí misma de que buscaba miles de pretextos para entrar en una librería, o para poner un disco y escuchar música clásica en CMBF, quizá visitar a alguien que no fuera tan amigo, convidarlo a bailar, o quién sabe si regresar al cine. Pero, ¿qué librería si todas habían cerrado por falta de libros? ¿Qué música si ya no se producía ningún disco y la mayoría de los músicos verdaderos habían muerto o se habían largado del país? ¿Qué películas, a no ser la película que cada quien se representaba a su manera con la propia vida?

Machacó sobre lo mismo, el amor, el amor. Cosa de poder olvidar de que el amor no podía existir, ya que nadie tenía un plácido lugar donde mirarse a los ojos. Había perdido los deseos, los había perdido a causa de un sueño, por culpa de una película, debido a lo irreal. A causa de ella misma. Fingió como que se acusaba a sí misma, lo más sano era fabricar la conciencia y el espíritu de autocrítica.

Botó el barquillo de helado. Mucha gente espió. Sin embargo, había hecho como si lo botara en calma, pausada, en ralentí, para que los demás no creyeran en sus gestos, no se alarmaran. Beatriz hizo ademán de que necesitaba un despegue. ¿De sí misma, de dónde? Fingió que se autointerrogaba sobre complejidades.

En todo caso, estaba demasiado sola. Y la soledad era un viejo, templar con una revista pornográfica por medio, en constante nerviosismo. La soledad era la avaricia de los otros, no la ambición. Un ventilador importado de Japón también podía constituir una referencia a la soledad.

Entró en una desolada y puerca cafetería, compró cigarros. Carísimos y malísimos. Fumaría para aburrirse más, para hacer ver, para comprobar que se aburría, para otra vez fingir que dejaba pasar el tiempo, como si lo viera fluir en el chorro del café aguado que cayó de la punta de la cafetera a la taza mohosa. Un tiempo líquido y humeante. Después pensó con descuido que repensar había sido constructivo para la moral patriótica, de cierta forma reconfortante, quería decir que alguien existiendo dentro del comunismo y que pensara como ella era un punto favorable que se anotaba el comunismo, deseó analizar diferente. ¡Aaaah, también fue bueno haber terminado la aventura con el contemporáneo! Con música de fondo del bárbaro del ritmo. Reflexionando con calma y con disciplina, no admitiría complicaciones amorosas en su vida. Siempre que escuchaba al Beny era como si el músico le halara las orejas, ¿y la identidad, y la cubanía? ¿Cómo había sido capaz de traicionar, de manchar su conducta y, por consiguiente, su magnífico expediente? ¿Por qué había sentido tanta necesidad de ser puta, puta pagada, de las *made in*, auténtica? ¿Ésa era la autenticidad? Pues claro. ¡Qué rico haber oído la voz del Beny, el intrépido mariguanero, así, aaah, como canción y no como lección de toda esa bobería que vocea la radio, que él sí supo poner el nombre de la patria muy en alto con su intachable moral comunista. ¿Comunista el Beny?

Beatriz sonrió. Ni siquiera podría poner al tanto a la Polaca de lo sucedido, se burlaría, ¡jinetear por un libro de poemas, y con un fantasma, le zumba! El viejo debería informar a la seguridad del Estado que su amante había contactado con un intelectual francés, ¡maricón, o peor, bisexual, para colmo de males! La obligarían a responder. A huir. Ella no respondería. Y ella no huiría. Ahora le tocaría conocer en toda su dimensión la fuerza. Ejercerla no era un juego. Podría quebrarse. No.

LA PRIMA DE VERA

Ya está aquí, repitiendo la anhelada visita anual. Llega, deposita sus valijas y en seguida la casa se llena de aromas tropicales, adelfas, jazmines, vicaria blanca, gladiolos, rosas amarillas, girasoles, acacias, orquídeas, helechos, boquitas de león, tulipanes, violetas, siemprevivas, buganvillas, y hasta marpacíficos. Sorprende su regocijo, la prima de Vera posee una alegría tan fuera de lo común que da miedo, lo trastoca todo como si se apoyara en una varita mágica. Cuando ríe lo hace acaparando el más mínimo espacio, ya no queda sitio para otra risa. Sin preocuparse de las miradas extiende los brazos hacia atrás, abre la larga cremallera a su espalda y de un tirón se saca por encima de la cabeza el vestido de seda gris con diminutos motivos floreados. Va hacia el refrigerador paseándose en paños menores, es decir, en blúmer y ajustador; la piel tersa y acaramelada roza los lugares más tontos, la punta de la mesa con el muslo, cuidado, te harás un morado, le digo, ella se encoge de hombros, el cubo de la basura con la rodilla derecha, al querer curiosear en el interior del congelador descansa el mentón unos segundos encima de la agarradera; está reflexionando en si toma una paletica de helado o sencillamente un puñado de hielo. Prepara un alto vaso color flamingo con agua y bastantes trocitos de hielo, se lo empina y bebe sedienta hasta que sus dientes chocan y mastican lo sólido con aquellas muelas intactas, sin un asomo de carie, sin un minúsculo empaste de plomo. Luego, por supuesto, vuelve a sonreír, la boca rojísima debido a los efectos del hielo, y hasta exclama ¡qué rico, tú! con una gracia envidiable. Se dirige a una de las maletas y extrae de ella un vestido color azul turquesa, el cual desliza por sobre su cuerpo con la maestría de una pantera. Nos invita, con esa pronunciación desenmascarada de eses, a dar una vueltecita por el barrio y ya su mano se ha apoderado del picaporte. La puerta ya está abierta y hechizados huimos detrás de ella.

La prima de Vera no es tan alta, pero cuando camina su falda ondea sobre las corvas con el vaivén de la eterna adolescencia desgarbada. Nos damos cuenta de que a su aparición el sol comienza a desplazar los edificios, y las aceras antes sombreadas se azulean con matices marinos. Se ha ido el olor a polvo antiguo y otra vez nos inunda la brisa que viene del río, o del soñado mar, anunciando peces y euforia. De las ventanas y de los balcones descuelgan piernas balanceándose al abismo de la luz. *Miren cómo ha cambiado el mundo, señores,* comenta la joven como si desembarcara de una nave espacial, como si llegara de otro planeta, si sólo viene de una isla. *¡Qué suerte que aquí hay estaciones! Por fin puedo escuchar a Vivaldi y entenderlo a plenitud.* Eso dice la prima de Vera, que, como ya ustedes podrán suponer, proviene de un sitio lejano donde sólo existe el intenso y achicharrante calor.

Abordamos una plazoleta, no hay hombre que no voltee la cabeza para gozar a la muchacha, también las mujeres la observan, unas con resentimiento, otras perplejas, las de más allá con deseo. Ella va muy dispuesta a la mesa engalanada con juegos de sombra y claridad tejidos por la copa de un árbol; en donde ella se pose vendrán invariablemente a revolotear las mariposas, las abejas detrás del dulce, los colibríes cazando colores. Pedimos café y la prima de Vera un kir porque declara que está harta de las bebidas calientes, desea probar refrescos exóticos, acariciar su paladar con sabores que, más tarde, al regreso, podrá recordar sin aburrirse. Intentamos preguntarle sobre la isla y se carcajea maldita, mira a ambos lados y canturrea rememorando a Panchito Riset: *El cuartico está igualito que como tú lo dejaste.* Luego, descarada, clava sus ojos cual pétalos de miel en la mirada de un tipo a punto de comérsela viva, susurra mientras saborea el kir: *Me gusta aquél.* Y lo pronuncia como si fuera la primera vez que ocurriera que le agradara un aquél. Ya conocemos de su fanatismo por enamorarse, de hecho es como si ella trajera esencias misteriosas embotelladas en pequeños frascos para renovar el amor. Nos decidimos a pedir noticias de su familia. ¿Y cómo anda Vera? *Andar, anda con los pies, encantada de la vida,* contesta cruzando los brazos sobre la mesa, de manera tal que el busto se le sube y desborda el escote. Al punto tararea una canción que no hemos escuchado en la radio, ni en la tele, ni en ninguna parte, una de esas de vulgar contenido y de contagiosa melodía, de las que invitan a menearse desde los hombros pasando por la cintura, regodeándose en la pelvis y afincándose en las nalgas, para en seguida recorrer los muslos, las pantorrillas, teniendo su cumbre en los pies, y de los pies reinicia su ascensión hacia la boca, los ojos, emborrachando así a la mente. Uno de nosotros vuelve a la carga con el interrogatorio. ¿Cómo te llamas? Apareces y desapareces y nunca has dicho tu verdadero nombre. *Cielito, soy la prima de Vera, ¿no basta? Qué manía de preguntadera tienen ustedes, debe de ser el frío. El exceso mata el goce, aprovéchenme ahora porque en cuanto venga el calor me largo. ¡Ay, qué delicia de tiempo!* Quedamos mudos, pensando que pasaremos otro abril y otro mayo encantados con la exuberancia de la prima de Vera, quien no tiene necesidad de decir su nombre para que ustedes sospechen de quién se trata. Al marcharse, con ella se irá la inspiración; nos prepararemos para otro huésped, quien no es el primo de nadie, sino un chiquito jodedor y sudoroso que obliga a retirarse a las playas, a burlarnos de los peces de colores y que responde al mote de Ver-Ano.

LA LUNA Y EL BASTÓN

No es nada fácil ser nieto de unos abuelos imposibles. Sobre todo conociendo que a los abuelos les da la chochería de la vejez con cogerles un amor irracional a los hijos de sus hijos. Como si a través de ellos pudieran alargar su existencia; afanados en aferrarse a la vida se encaprichan en los chicos con una veneración rayana en la demencia. Pepe Babalú había sido criado por los padres de sus padres. Es decir por el negro Dupont y la gallega Clemencia. Las primeras palabras que escuchó Pepe Babalú, en realidad, fue una discusión muy acalorada, a grito pelado. Apenas había transcurrido una hora de su nacimiento. Clemencia deseaba bautizarlo con el nombre de José, y Dupont se negaba contrariado justificando su negativa con el hecho de que ya él había escogido el nombre de Babalú, en honor de su santo Babalú Ayé, al cual él había prometido que si su nieto nacía varón, como era el caso, pues le pondría tal nombre.

—¿Y por qué no Lázaro? —preguntó Clemencia

con los brazos en jarras haciendo alusión al nombre católico del santo.

—Porque ya le prometí que sería Babalú, no voy a contradecirlo —replicó Dupont.

—¿No te das cuenta de que se burlarán de él en la escuela? José Babalú suena a predestinado.

—¿Y qué? Tal vez lo sea, puesto que nació un 17 de diciembre. —Fecha dedicada al viejito milagroso.

—No voy a permitir ese nombre, no hay más que hablar... —cortó seca Clemencia.

—¡¿Qué te has creído, vieja bruja, que eres su dueña absoluta?!

—¡Tampoco lo eres tú! Preguntémosle a la niña... Es ella quien debe decidir. ¿Verdad, hija mía, que ese nombre no te gusta? —Clemencia se dirigió a la recién parida.

Mientras los abuelos discutían, las miradas de los padres del bebé iban de un rostro al otro como en un torneo de ping-pong, sin decir ni esta boca es mía. Por fin el padre se pronunció:

—Yo desearía... en fin... no sé que tú piensas, Dulce, creo que... A mí me gusta mucho, yo le llamaría simplemente Javier.

—¡Ah, no, Javier no se puede achicar, no podré decirle Javierito, suena bobo! —protestó la esposa—. Yo había pensado en Mauricio, era algo que habíamos convenido de antemano.

—¿Por qué no Javier Mauricio? Además, Mauricio

tampoco se puede achicar. ¿Te parece lógico llamarle «Mauricito, ven acá»? Por favor, Dulce, es lo más anodino que he oído —no estuvo de acuerdo el padre de la criatura.

—¡Qué dos nombres horribles! El mejor es José, como tu abuelo, Dulcita, hija, como mi padre, que en gloria esté.

—Yo les señalo que no sería bueno para el niño el hecho de que yo renunciara a la promesa que le hice a san Lázaro.

—¡Y yo insisto en que san Lázaro estará de acuerdo conmigo de que no hay por qué echarle a perder la infancia a un inocente con ese nombre tan ridículo. Además de que eso lo marca, ¡paf, religioso! Es como si a mí se me ocurriera ponerle «Cristo». Y tú sabes que yo soy tan creyente como tú, pero no es justo. Además, somos nosotros quienes vamos a estar lidiando con el bebé, ya que ustedes dos —dijo señalando a los padres— son científicos y apenas salen del laboratorio ese de ratones, y no llegan a la casa hasta las tantas de la noche; pues como seremos los abuelos quienes más responsabilidades tendremos con el crío, al menos debemos sentirnos a gusto, familiarizados, digo yo... En cuanto a ese nombretico de Babalú, no viene al caso, porque añado que como abuela que soy quedaré más tiempo a su cuidado, no me separaré de él. Por lo tanto, José es el nombre justo, corto, fácil, y honrará a mi padre, su bisabuelo. Dicho y hecho, se llamará José.

—José Babalú —rumió áspero Dupont.

El padre salió a fumar un cigarro, y la madre se durmió extenuada. Clemencia reviró los ojos a su marido, sin embargo aceptó esta segunda opción mascullando algo entre dientes, seguramente una maldición gallega.

De más está decir que el José se transformó muy pronto en Pepe. Y al niño no le quedó más remedio que adaptarse al estrambótico apodo, que una vez matriculado en la escuela sus condiscípulos le endilgaron, Pepe Baba, o Pepe el Baba. Es cierto que Pepe le agradaba más, pero cuando su abuelo explicaba el origen de su segundo nombre, y las razones por las cuales lo había elegido, se sentía orgulloso de llevar el nombre de un santo milagroso y venerado. Pero con quien más conversaba era con la abuela Clemencia, pues daba pena verla horas y horas, sentada frente a una hoguera, detrás de la casa, en el patio, hablando sola, o mejor dicho, sola no, con el fuego. Mientras eso hacía, las manos acalambradas de la anciana acariciaban una moneda de plata, arrugada y con los bordes desiguales, desgastados por el tiempo.

—Es la luna de mi tierra, hijito. Mi padre, tu bisabuelo, la arrancó del cielo para mí. Sabes, yo nací muy lejos de aquí, en Ribadavia; antes de viajar a Cuba mi madre pidió que le trajera la luna. Él fue a buscarla, a su regreso mi madre había muerto, yo acababa de nacer. Él enterró a mamá, y una semana después se montó en un barco conmigo. Llegué a La Habana con sólo algunos días de nacida, no sé cómo pude resistir el viaje. De pequeña él me hablaba mucho de la luna de su tierra, y me la mostraba, digo, me enseñaba esta moneda, y lloraba por mi madre... Luego, al tiempo, se enamoró y se casó aquí con otra y tuve hermanos. Pero, a solas, él y yo siempre hablábamos de allá, de la ría, del fuego, de la luna. Sacaba del bolsillo la moneda, y de pronto, en la noche brillaban dos astros por igual. Entonces a mí me dio por acurrucarme en un rincón del patio, encender un fósforo y prender las yaguas, escuchaba que el fuego me decía cosas, y yo le respondía, así pasaba horas de horas. La mujer de mi viejo la cogió con insultarme, con cacarear que yo estaba embrujada, que no era normal como los otros chicos. Mi padre me observaba consternado, hasta que explicó ese algo dentro de mí que yo misma no comprendía, que yo no podía saber. «Tú eres meiga, hija», dijo. A partir de entonces me dejaron tranquila, mi madrastra no fastidió más, y yo seguí cantándole al fuego, escuchándolo sobre todo.

Pepe Babalú se encantaba con esas historias. Su abuela era maga, que era la traducción que él podía hacer de *meiga*, y esto, claro está, lo colocaba en una posición ventajosa respecto a sus compañeros de clase. En varias ocasiones Dupont llegaba fatigado del trabajo, y al escuchar las historias que su mujer contaba al niño, iba directo a la pila del fregadero, llenaba un cubo de agua, y desde la puerta de salida al patio lo lanzaba contra las llamaradas, apagando el hechizo. Pepe Babalú observaba cariacontecido, y Clemencia hacía muecas a sus espaldas.

—No hagas caso. Es un viejo loco y resentido. Es bueno, yo le quiero, pero es muy dominante.

—¡Loca y dominante eres tú! —exclamaba el abuelo desde el interior de la casa.

Es cierto que su abuela exageraba por momentos. Sobre todo aquella vez cuando se le metió entre ceja y ceja que su nieto asistiera a la Sociedad de Bailes Españoles, para que aprendiera a bailar la jota y la muñeira. Hasta logró convencerlo e inscribirlo, pero Pepe Babalú prefería la parte culinaria de su abuela a la parte artística, hasta que ella misma se dio cuenta de que su nieto no tenía vocación de bailarín. O al menos de bailarín gallego, porque lo que era meterle la cintura a un buen guaguancó, eso sí, ay, que sí sí. Bastaba que escuchara a lo lejos un toque de tambor para que su cuerpo se descoyuntara en sandungueo y sabrosura, entonces era Dupont quien sonreía masticando de medio lado el mocho de tabaco. Cuando eso sucedía, el viejo sacaba su bastón. Un bastón que siempre se hallaba colgado detrás de la puerta, y con él seguía el ritmo de la música, tocando acompasadamente sobre la piel de chivo del fondo de un taburete. *Chivo que rompe tambó con su pellejo paga.* Clemencia no podía impedir echarse a reír al contemplar a su nieto, y se ponía, a la par que él, a mover el esqueleto como cualquier cuarterona de solar. Al punto Dupont se levantaba del sillón, colocaba un viejo disco en el tocadiscos y tomando a su mujer por la cintura se disponían a bailar un pasodoble. Luego, cuando el disco llegaba a su fin, montaba desde la calle el sonido de los tambores, y la pareja retomaba el remeneo de la rumba de cajón. Pepe Babalú se desternillaba de la risa viéndolos descuajaringados en danza frenética.

Pero una tarde Pepe Babalú regresó de la escuela muy acongojado. Apenas contaba ocho años y una maestra había explicado que en el tiempo de la colonia los negros eran esclavos y los españoles amos, y que estos últimos daban boca abajo a los primeros, y los explotaban y hasta los mataban cruelmente. Dijo: *los españoles son malos.* El niño apretaba con rabia la mano de su abuela, en el camino de regreso a casa, pero por nada del mundo se atrevió a reprochar lo que pensaba. Esperó a que su abuelo volviera del trabajo, tarde en la noche, pues esa semana el anciano doblaba el turno en la tabaquería. Pidió a Clemencia que lo dejara sentarse en el portal con Dupont, y ella asintió, pues debía preparar un dulce, el cual necesitaba reposar toda la madrugada a la luz de la luna llena. A la terrible pregunta del niño, el abuelo respondió:

—Ésa es una manera muy fea de explicar la historia. Mañana mismo iré a hablar con esa maestra. La historia es así, fue un pasado trágico, es cierto, pero tu abuela no tiene nada que ver con eso. Su padre vino de España, pero jamás maltrató a nadie, ni asesinó a nadie, más bien trabajó como una bestia. Hijo, nosotros somos un país mestizo. Indio, negro, español, chino, una sabrosa mezcolanza. ¡Qué estupidez!

Y entonces, a partir de ese día, su abuelo consiguió libros viejos de historia, o de pensadores de otras épocas, poetas del siglo pasado. Pepe Babalú pasaba mucho tiempo sumergido en la lectura. Sólo abandonaba los libros para escuchar fabulosos cuentos de *meigas* que narraba su abuela, o por otra parte violentas anécdotas de barracones descritas por los antepasados del abuelo.

Una noche Clemencia se puso muy mala, vomitó sangre, no quiso hablar nunca más con el fuego, desaparecieron los exquisitos dulces del fogón, los discos de gaitas o pasodobles no fueron jamás extraídos del chiforrover. El abuelo no cesaba de mesarse las pasas, es decir, el pelo duro, planchado hacia atrás. A Pepe Babalú apenas lo dejaban entrar en la habitación donde ella reposaba, luego fue trasladada al hospital, y pasaron varias semanas sin que pudiera verla, hasta que volvieron a traerla, pero para nada estaba curada, al contrario, oyó que su madre dijo que se encontraba peor, mucho peor. Dupont condujo a su nieto al patio; la piel del anciano parecía ceniza, las lágrimas resbalaron por sus mejillas acartonadas.

—Pepe Babalú, no sé cómo explicártelo, pero...

—Ya lo sé, abuelo. Se nos muere. Abuela me ha hablado mucho de la muerte. He aprendido a conversar con el fuego. Me dijo que cuando no esté podré comunicarme con ella a través de la candela. No debemos temer.

—¡Dupont! —escucharon reclamar desde la habitación de Clemencia. Era su voz alterada por los últimos estertores—. ¡Dupont, tráeme la luna! ¡Dupont, la luna, tráemela, por favor!

—Anda, ve, abuelo, no la dejes sola tanto rato, acompáñala.

Asombrado, Pepe Babalú vio cómo Dupont, en lugar de atravesar el pasillo y entrar en el cuarto de la anciana, siguió de largo hasta la puerta principal de la casa, descolgó el viejo bastón de madera, y se perdió por los matorrales del Bosque de La Habana. Era raro, pero su abuela había cesado de gritar. Pepe Babalú sintió terror de que hubiera muerto. Decidió entrar en la casa; una vez junto al lecho donde descansaba el apergaminado cuerpo de Clemencia, pudo comprobar que ella respiraba aún, parecía como si durmiera plácidamente, como si todos los dolores se hubieran esfumado de su cuerpo. Al rato, el adolescente sintió una presencia inquietante en la casa, se dijo que era probable que alguien ajeno se hubiera colado, tal vez ladrones. Al salir del cuarto fue enceguecido por un reflejo blanquísimo; cuando pudo reabrir los párpados, divisó no sin dificultad que la luz gigante avanzaba hacia él; detrás de aquella forma redonda y luminosa pudo descubrir la silueta de Dupont. Traía, nada más y nada menos, que a la luna enganchada en la empuñadura del bastón. Atravesó el umbral del cuarto de la moribunda con la luna a modo de farol. La mujer sonrió, suspiró aliviada, al instante dejó de respirar y la sonrisa se congeló para siempre en el recuerdo de Pepe Babalú.

Algunos años después murió Dupont. Pepe Babalú se hallaba en África, en Angola, en medio de un combate. De súbito le vinieron a la mente las palabras de su abuelo antes de él partir a la guerra.

—La historia por momentos es bella a pesar de ser tan terrible, Pepe Babalú, no lo olvides. Cuando andes por aquellas tierras verás algo muy importante que nos está destinado a ti y a mí; se hallará escondido dentro de un árbol. Es mi prenda, no puedo describírtela porque yo mismo no sé qué forma tiene, pero tú sentirás el deseo de poseerla, y la traerás. No dejes de hacerlo.

El joven se encontraba muy cerca de su mejor amigo, al instante vio un árbol de color rojo vino. El árbol cogió candela inesperadamente, entonces interrogó al fuego, y éste respondió con la voz de Clemencia:

—La prenda de Dupont se halla entre aquellas ramas altas. ¡Búscala!

Pepe Babalú alertó a su amigo de que debía subir al

árbol; el otro le desaconsejó que lo hiciera, pues sería peligroso: un bombazo podía caer encima, además el árbol estaba ya envuelto en llamaradas. Pero el muchacho no hizo caso y trepó casi a la velocidad de una pantera. En una especie de nido halló un objeto extraño, como una semilla gigantesca, algo muy semejante a un coco seco, pero no lo era con exactitud, sino más bien una suerte de luna polvorienta con pelos secos, del tamaño de una calabaza enana, con tres caracoles incrustados a manera de ojos y de boca. Ya se disponía a descender del árbol cuando divisó, allá abajo, el cuerpo destrozado de su compañero, su mejor amigo. De regreso a casa supo que Dupont había fallecido aproximadamente en el mismo momento en que él se había apoderado de la prenda.

En todos esos detalles piensa Pepe Babalú, y se le atraganta el buche de llanto en la garganta. Introduce su mano en el maletín, acaricia aquel amuleto africano, vuelve a cerrar el equipaje. Por la ventanilla del avión que ahora lo conduce a España, distingue la luna llena viajando junto a él, tan desigual en su redondez como esa moneda con la que juguetean sus dedos, su único dinero. Queda embelesado con la visión del astro, mientras cree escuchar lejana la voz de Clemencia leyendo en gallego versos de Rosalía de Castro, aclarando que ella había nacido junto a una ría, es decir un río hembra, que no es lo mismo, aunque se escriba casi igual. Y el hombre se pregunta qué dirá aquella gente cuando lo vean aparecer, a él, un mulato de ojos claros, chapurreando el gallego aprendido con abuela Clemencia. ¿Cómo serán sus primos terceros, hijos a su vez de los primos de su abuela? A juzgar por las cartas parecen simpáticos. Incluso ansiosos por conocerlo.

DIBUJANTE DE DUNAS

—

A Ramoncito Unzueta. A Ena, Loló, Ramón,
Enaida, María, Sibila, Vicente y Nenemio

El *jeep* iba como el diablo, las ruedas chirriando por la marea de arena, a mil y ardiendo. El chófer, la niña y yo estábamos muertos de sed. De repente vi a un tipo solitario, sentado en un taburete en el descampado arenoso y negro, como de antigua lava. Pedí al conductor que frenara ahí mismo, rápido. Obedeció regastando las gomas y regando arena, dio marcha atrás adivinando que lo que yo deseaba era colocarme en el ámbito visual del hombre situado de espaldas a nosotros y al volcán imaginario, frente por frente a un caballete y dos dunas. A pesar de la velocidad con la que íbamos, había logrado distinguir el perfil del dibujante; me era familiar, aunque tenía encasquetado el sombrero a lo Indiana Jones, y eso complicaba el reconocimiento. La niña se echó a llorar, diría que a berrear:

—¡No puedo más, agua, quiero agua, mamá, AGUA!

Abrí la portezuela del vehículo y emergimos a la inmensa extensión desértica. El chófer esperó dentro. El dibujante no se volvió; aunque había escuchado los lamentos de la niña, parecía sumamente absorto en los áridos trazos sobre el lienzo.

El desconocido, que mientras más me aproximaba menos resultaba serlo, estaba vestido con unas bermudas color beis, camiseta verde militar, botas de safari; a su lado, en una mesita coja y semihundida en el suelo desigual, descansaban la paleta y los tubos de colores, creyones de punta roma y negra, los cuales tomaba en ese momento para delinear la cima resbalosa a causa de la ventisca. También divisé un bidón de plástico como de cinco litros de agua. Fui directo a pedirle un poco de agua para que bebiéramos los tres, la niña, el chófer y yo.

La pequeña parecía haber olvidado la sed y bastante alejada de mí voceaba que intentaba sembrar un árbol de los sueños; en realidad era un gajo al que le quedaban dos o tres hojas amarillentas. Llegué a él; cuando volteó su rostro hacia mí era ÉL. Mi mejor amigo de la adolescencia; desde su partida, nunca más había recibido noticias suyas.

—¿Eres tú, Ramoncito?

Asintió con los ojos entornados y volvió a la calma de su dibujo.

—Oye, no sé si te acuerdas de mí. Soy...

—Perfectamente, ¿la niña es tuya?

Afirmé. Él detuvo el trabajo; erguido, me abrazó con tanta fuerza que casi me parte las costillas.

—¿Qué haces por aquí, en pleno desierto y sin casa

a la vista? ¿Deseas que te acompañe a alguna parte? Oye, porfa, danos agua.

Extrajo una cantimplora de la mochila, la llenó con agua del bidón para que bebiéramos más cómodos. Corrí a brindarle a la niña, bebió despacio pero mucho. El chófer se atragantó, yo lo mismo. Mi amigo avanzó hacia el coche. Quise devolver el recipiente e hizo ademán de que podía quedármelo.

—Vivo aquí desde que salí de allá. Tengo una piquera de taxis.

—¿En el desierto?

—Bueno, en realidad no son taxis, son camellos, una caravana. Los alquilo. Gano bien mi vida. Mientras espero el regreso de los clientes me dedico a dibujar dunas, así me entretengo, no necesito más.

—¿Y del mundo qué sabes?

—Todo y nada. No creo que haya variado mucho desde que me jubilé de él.

—Pasan cosas.

—No lo dudo.

—¿No deseas saber algo, de las gentes de tu barrio, de la escuela, de allá?

Meneó la cabeza en forma negativa.

—¿Ni siquiera te interesa conocer cómo llegué acá, las razones? ¿No te sorprende la increíble casualidad de habernos encontrado, nada más y nada menos después de quince años, aquí, por obra y gracia del azar?

—Si llegué yo, ¿por qué no tú? Además, he pensado tanto en ti que no estoy seguro de que seas real, a lo mejor no eres más que un espejismo, entre tantos otros.

La niña intentaba escalar en vano una de las dos dunas mientras tarareaba *Au clair de la lune*. Él volvió a sentarse, para pintar esa visión.

MUJER DE ALGUIEN

—

Y esta mujer se ha despertado en la noche,
y estaba sola,
y ha mirado a su alrededor,
y estaba sola...

DÁMASO ALONSO,
Mujer con alcuza

Femelle es bella, inteligente, dulce, de modales finos y brillantes conversaciones. Además es elegante, e incluso reservada, discreta, aunque disfruta de las relaciones públicas. Es una mujer decidida en su trabajo, y con acertados y firmes criterios en su profesión de arquitecta. Femelle queda extasiada con la buena música, admira el cine exquisito y culto (en pantalla grande), aborrece la televisión. Gusta de poetas y de poemas que la conduzcan al placer de la reflexión. Por supuesto, nunca se ha equivocado en distinguir entre una fabulosa y una mediocre puesta en escena. Pues el teatro es su fuerte principal. Y, claro está, posee un ojo fino, exuberante, digo, experimentado, para seleccionar el magno cuadro, la incomparable y divina escultura, el magistral diseño.

Femelle es también célebre por sus guisos y aliños, por sus recetas culinarias universales. Limpia y ordenada, posee un sexto sentido para percibir el mínimo residuo de polvo en los escondrijos. En su casa, los muebles, ventanas y techos brillan de pulcritud.

Femelle sabe escuchar, pero opina en el momento oportuno. Es sumamente sensible, ¿ya dije que se emociona hasta el puchero con los actores y con el ballet? ¡Ah, la ópera! Su favorita es Maria Callas, pero incluso aprendió de memoria toda la *Andrea Chenier.*

Come poco. Gasta menos, sólo en objetos útiles y duraderos, no es que sea avara, o ahorrativa en exceso, sino que tiene conciencia de los sufrimientos y peligros que acarrea el dinero. Femelle sonríe con sus hermosos dientes blancos, y cuando ríe a todo trapo lo hace con cantarinas y contagiosas carcajadas. Femelle no llora con frecuencia, casi nunca lo hizo delante de testigos, y cuando en cierta ocasión no pudo contener el llanto, sus amigos presentes lloraron a su vez emocionados de haber compartido un dolor tan sublime, tan hondo. De sus ojos semicerrados emanaron lágrimas finas y sanas; cuando abrió los párpados, el verdor de sus magníficas pupilas y el enrojecimiento de los huevos oculares se mezclaron con tal armonía que el espectáculo resultó tan bello como contemplar un arco iris descendiendo del sol. Los demás sollozaron satisfechos por haber tenido la suerte de contemplarla llorar, porque en ella el desgarramiento es un asunto único y realmente conmovedor. Femelle, tan perfecta, sin embargo asusta. Es por eso que Femelle está sola. Porque Femelle, de tan intachable, acentúa nuestra imperfección. Entonces la criticamos, envidiosos, y comentamos que sus virtudes no son más que manías, maquilladas irregularidades, extravagancias.

Femelle, por ejemplo, no cae enferma jamás. Sólo alguna vez sufrió una sencilla jaqueca y una ligera contracción ovárica, y eso fue en la primera menstruación. Su único aborto, años después, ella lo había necesitado, no deseado, pero debió asumir la calamidad de interrumpir el embarazo. Para parir aún le queda tiempo. Es joven, porque para colmo parece impertinentemente joven. Pero, ¿parir? ¿Cómo? ¿Por obra y gracia? Sin embargo el ginecólogo explicó que ella poseía las condiciones requeridas, el útero en exacta y adecuada posición. El útero en espera. Y dadas sus características físicas, muy saludables, pronosticó una maternidad sin complicaciones y un parto natural y rápido. Femelle no fuma, no bebe, sólo conoce de manera teórica los vicios malsanos de este mundo.

Femelle indudablemente es defectuosa, de fábrica.

Se había casado siendo casi una niña. El matrimonio duró cuatro años, de los cuales juntos sólo vivieron dos, contando el tiempo entre viaje y viaje del marido. Del último periplo él no regresó. Ella no supo nada más de él. Ni en qué país vivía, si aún vivía. Femelle esperó, sufrió, como una diosa, hasta el límite de sus puntuales deseos. Más tarde, el rostro del esposo se fue desdibujando debido a poderosas y diversas razones. La primera, ella había quedado encinta y abandonada, la decisión de abortar le borró aquellos ojos negros y la ausentó de las caricias conyugales; la segunda, la profesión de arquitecta robaba demasiado tiempo, los planos se fueron interponiendo entre su mente y las líneas de aquel cuerpo palpitante y vertical en la erección; la tercera y más sencilla, la decepción apagó la probabilidad de una estable voz masculina en la casa. Femelle se acostumbró a responder virilmente ante la obligada cotidianeidad: la rotura de una tubería, falta de pintura en las paredes, arreglos de la antena del televisor (aunque ella lo ve muy poco). Cuarta razón y la más importante, ella había amado a su marido, por lo tanto no tenía por qué amargarse con el complejo de culpa. No se trata de que haya olvidado, más bien lo guardó, incluso con soberbio cariño, como se guarda un escarabajo egipcio en un cofrecito de cristal, con acongojada delicadeza.

¡Ah, Femelle se halla ahora tan sola! No logra salir a la calle a buscarse un machito sólido que le aplaque el apetito. Aunque, cada vez piensa con mayor constancia en su propia piel, en la nocturna humedad de la vagina, en los pezones supurando leche, en el clítoris tenso. Femelle ansía un preámbulo, el juego sabio, los roces anticipadores. Femelle siempre ha querido conocer, aún quiere conocer. No puede separar la cabeza del cuerpo. Y si bien es una exégeta del espíritu, no es para nada monjil con la carne. Ella busca deleitarse con la ebullición de la mente y de la sangre.

Luego de la desaparición del esposo tuvo esporádicas y bien seleccionadas relaciones amorosas, furtivas. Siempre sintió miedo, pues, a la semana o al mes, tal era el aburrimiento, que incluso parecía que llevaban veinte o sesenta años unidos en la misma posición, como una pareja más, convencional y acostumbrada hasta el hastío. La misma estructura social que los juntaba los separaba desbaratando sus proyectos. Casi siempre la ruptura sobrevenía luego de discutir una noticia del diario, o tras haber disfrutado, mejor dicho, malgastado la noche frente a la pantalla del televisor, o luego de constatar que habían agotado la lista de recuerdos a enumerarse mutuamente. La deprimía saber que todo estaba agotado, todo agriado, que el más mínimo esfuerzo ni siquiera produciría pasión, un sentimiento que, por frívolo e inconsistente, ella descartaba del enamoramiento.

Al inicio, Femelle pensó que era su culpa, pues no aprendía a dosificar las entregas y las retiradas. Logísticamente no debía de ser buena, pensó. Con ciertos amantes se había comportado como una madre, con otros como una hija. Con los terceros, como una extraña, fría y tajante. En general, a los que protegía con ahínco decidía retirarles el habla un bueno y santo día, sin rodeos, de un machetazo; con aquellos a los que no les hacía mucho caso terminaba aletargada, tanto, que por temor a mancillar la belleza, escribía una larguísima y explicativa carta de adiós, y durante semanas no contestaba al teléfono. Cuando volvía a encontrarlos, por azar, a los primeros los reverenciaba con silenciosa prepotencia en el rostro, a los segundos les clavaba la mirada en la mirada, a los últimos les sonreía, aunque negándose algún delicioso latido. Femelle, después, se escabullía.

Con el tiempo cree estar convencida de que la crisis de hombres es real. Es probable que constituya un dilema más de fin de siglo. Un síntoma, un aviso, de que deberíamos volver a pensar en serio. De que hemos quedado rezagados con respecto al amor y su filosofía. A la sabiduría de la vida, vivida a diario, analizada segundo a segundo. Bah, son sólo frases hechas, banales, esnobistas y egotistas, se dice. No está mal, al menos excita.

Ella abre la ventana, hala una silla de bistró hacia sí. Desnuda y sentada, encarranchada en el mueble, observa el mar, ahí enfrente, sabe que será la solitaria encerrada, es lo único que sabe a ciencia cierta. Soy una nostálgica de vientre perfumado, murmura. Para ningún hombre, repite, es decir, soy la del vientre desfigurado. Ahora teme al envejecimiento de los ovarios. Femelle toma el mortero de encima de la mesa y se toca el ombligo con la punta de la madera. El olor a ajo sube desde el pubis. Ella es el hombre que quiere encontrar, debe susurrarlo, se autoconseja, para no ser escuchada. Casi tiene la certeza de que también existirá uno, otro, que esté susurrándose lo mismo, pero conjugado en femenino: *Yo soy la mujer que quisiera hallar.* Femelle comienza a sudar parsimoniosa; las pupilas resecas ahora registran extraviadas el plateado horizonte. Logra el orgasmo, apenas sin darse cuenta, al tiempo que cree escuchar los lloriqueos de un recién nacido allá abajo, en las sombras. Eso es lo que la hala a la realidad. Con el mortero de cedro jamás alcanzará a conseguir la ternura, y nada sustituirá la avidez de otra carne penetrando en la suya. Se levanta, avergonzada y adolorida, cierra los postigos. El mar se evaporó también. En el baño (por fin hay otra vez agua), debajo de la ducha, siente que aún sus labios están calientes, los recorre con las yemas de los dedos, indecisos. Faltó el máximo detalle: un beso.

Femelle, insomne, espera. Mañana tal vez le suceda el amor. Mañana puede que ella constituya un suceso para alguien. Femelle, irremediablemente defectuosa de fábrica.

A CUERPO DE REY

A Ulises Hernández. A Pepe Horta

El silencio. Puedes gritar... Sigue el silencio.

FRÉDÉRIC CHOPIN

No sólo posee un talento de tres pares de timbales sino que además está buenísimo. Su hermosura es aplastante, como debe ser, ambigua. La inteligencia es discreta, como se requiere. Para mí, él es el valor representativo del *akoustikoi* pitagórico, el *discípulo oyente* que describió José Lezama Lima en *Oppiano Licario*. Poco me importan sus histerias, ya que tengo la convicción de que cuando escucha lo hace para la eternidad. También Lezama escribió: «La perfección de su silencio revelará su calidad.» Y esa frase lo define estupendamente; creo que él lo sabe. Y si no, pues no seré yo quien se lo advierta.

Dediqué largo tiempo a observar sus maneras con lupa, a grabar en mi memoria cuanto tocaba o decía, a copiar sus expresiones, incluso a imitarlo. Es uno de mis mejores amigos. Lo amo sin límites. Inclusive cuando me pongo furiosa y quisiera romper su terca nariz, sé que vivimos instantes cimeros, luego nos abate el distanciamiento, la reflexión, y más amor, más,

más, sin fronteras. Es el tipo de persona que no cesa de sorprender. ¡Y a mí me mata la sorpresa, es una cosa que me sofoca, que me encandila! Cuando sucede que nos peleamos, al principio no consigo pegar un ojo, él si se lo propone puede ser muy frío, ¡un cabrón esquimal! O no, cuentan que los esquimales son requetecalientes, mejor dicho, ¡un cabrón témpano! ¡Un inglés! Más tarde me entra una especie de paz interior, el sosiego que cimenta la fuerza de la perdurabilidad. Y, deja no hacerme la mosca fácil o muerta, porque a mí cuando me dan un dedo devoro la mano entera, y de la mano más para allá. Las veces que ha paralizado mis impulsos con revirones de ojos puede que no le haya faltado razón. Veo que escribí: «puede que no le haya faltado», prueba de que me cuesta trabajo dar mi brazo a torcer.

Aunque se halle lejos consigo perseguirlo con la imaginación. Conozco tan bien su alma que podría dibujarla en el océano. Me fascina rascabuchearlo por el ojo de la cerradura del universo, enterarme de sus peripecias. Demostrar por vías infinitas que lo quiero constituye en mí el ineluctable resorte. Aunque sea considerado ingrávido, hasta para mí lo es, nuestra unión será memorable, desde hoy. Pero hago referencia a cuando en el futuro alguien escriba sobre nosotros, sobre nuestra época, sobre nuestras batallas. Estoy convencida de que somos y seremos los protagonistas de la idiotez, algo es algo. Y al menos satisface ser protagonista, no es humildad. Hablando en plata, ¿quién podrá negar que nuestros tiempos fueron tan inútiles como insulares? Y precisamente por ello, titánicos, empingaísimos, ¡de tranca y muy señor mío!

Por esos hechos, aunque mi amigo sea ingrávido, no renuncio a declarar que mi muso es él. Para ser justa, es filosóficamente frívolo. La genialidad de su espíritu es el flujo evocador de la victoria poética, es decir la inspiración. ¿Y qué pinga significa esa frasecita? Nada, es para continuar dándole la razón a los que riegan por ahí que aquí la poesía y el cuento no caminan, como si en este pueblucho vivir del cuento no fuera, más que una manifestación literaria, la verdadera expresión de la identidad nacional. Así, y para continuar con este cuento, que nada tiene que ver precisamente con el de la idiosincrasia, el sincretismo, la transculturación, y todas esas minucias de las que estamos fabricados, pues, como iba diciendo, el hallazgo poético nos enlaza a él y a mí. Nuestros instintos están engarzados por la provocación.

Perseguido por mis ensoñaciones y resumiendo aventuras que adivino vencidas por él, es que conseguí espiarle en Atenas, fotografiarlo en el Partenón junto a la fallecida Melina Mercouri (la imago todo lo puede). Él adora su película *Nunca en domingo.* Lo he sorprendido en Venecia cantando a dúo con un imberbe gondolero, bajo el puente de los Suspiros. Pudo suceder en Hamburgo, al cobijo invernal de un castaño, alimentando cisnes a la orilla del lago. Y por qué no, en las Ramblas barcelonesas, en donde me obsequió la Correspondencia entre Salvador Dalí y Gala, *esos chusmas aristocráticos*, como los llamaba mi madrina. Citarnos en el banco de Woody Allen en Manhattan fue un pacto digno de los bohemios años veinte y en plenos años noventa lo firmamos más con vino que con sangre. Pero para ser fiel a la vida, el deslumbramiento ocurrió en París, como toda historia que se respete. Y, a pesar de que no siempre anduvimos juntos, bastaba cerrar los ojos e inventarlo. Aprovecho la oportunidad para el desquite, porque a pesar de que me haga la muerta al ver el entierro que me hacen, no ignoro que también él se dio gusto inventándome.

Todavía enclaustrado entre los perturbadores efectos de los trazos chagallianos entretejidos con la resonancia en el techo del sobrio romanticismo de las *Polonesas* de Chopin, salió dando tumbos desde la Ópera hasta la entrada del metro más cercano, transportado por una especie de deleitosa levitación; en París se llama así, en La Habana es pura comemierdería, sentía un hormigueo en las venas. Era justo que lloviznara fino, casi imperceptible, y que el pelo se pegara a sus orejas y que se le humedecieran los calcetines de franela. Más que justo era lógico, consecuente con la leyenda del artista romántico o bohemio, más bien famélico y ensopado por un mediocre chinchín parisino. Mediocre comparado con los aguaceros tropicales, porque un chinchín de París no podía ser de ninguna manera vulgar. Retractándose de la anterior reflexión rectificó denominándolo aguacero insolente, lo cual sonaba a poema simbólico. La insolencia tiende a dar más carácter a las situaciones. A cincuenta pasos una vidriera ofertaba espléndidos paraguas negros con empuñaduras en madera preciosa. No supo de dónde sacó el vigor y dio la bienvenida a la alegría al descubrir que la exageración de los precios no iría a impedir de dárselas de último aventurero. Robó una rosa roja a una florista entretenida y, presuntuoso, siguió su camino al infinito, según sus traviesos ideales.

Bajó correteando las escaleras del metro, desabotonándose el abrigo en enérgico arranque de celuloide, en franca imitación de los actores de la *nouvelle vague*, confiado en que se trataba más de un gesto elegante que cómodo. No tuvo tiempo para la distracción con los carteles publicitarios: dando apresuradas zancadas se hundió en la multitud tomando dirección Balard. No podía permitirse el lujo del extravío, tenía que conocer París en tiempo récord: quince días. Y bastante jodienda que se le había armado con el dichoso viajecito. La Ópera invitaba a un pianista clásico y los funcionarios empeñados en enviar a un bongosero, por aquello del folklore y de que los timbaleros son tipos duros, vaya, seguros, o segurosos, es un decir. Mientras que un pianista, casi todos son tan, tan endebles, tan, tan... Y los funcionarios se preguntan de súbito:

chico, ven acá; Bola de Nieve, ¿era o no cundango? TAN, TAN, TAN, TAAAN. Ahí viene el adjetivo ineludible: afeminados. Y por supuesto, nada seguros. Había tenido que dar el consabido y bien merecido escándalo, seguido del correspondiente homenaje, es decir, regalar una botella de ron etiqueta negra. ¡Seguro, ni seguro! ¡De seguridad nadie podía hablar! Conoció a un supermán de la seguridad, de esos que regresan de Alaska contando que por nada se hielan intentando conectar un micrófono en el iglú de un superagente del bando contrario, que a la primera modelo sueca que le pusieron vomitó hasta las hemorroides.

En resumen, meses antes ni soñaba con tal proeza de viaje a Europa. Después del accidente en que la guagua interprovincial lo machacó contra una cuneta, abandonado y medio muerto, con el brazo de la armonía colgándole de los tendones, había despedido de su vida al duende musical. Nunca más conseguiría sentarse a un piano, y por primera vez reflexionó seriamente en el suicidio. Pero las cicatrices sanaron en menos tiempo de lo previsto, no sé si expliqué que posee una piel divina, de lagarto, y para colmo es un fan de la vitamina E, se la manda la tía de Miami. De contra es Escorpión con ascendente Escorpión. El cirujano nos contó que aun bajo el sopor de la anestesia él continuaba solfeando. Aguantó con estoicismo seis meses, vendado, pero no dejaba de teclear ni dormido, empastillado y todo como estaba. Curó en menos tiempo de lo previsto; tanto esfuerzo hizo para reeducar la movilidad de los dedos que incluso llegó a tocar mejor que antes, con más convicción. Milagrosamente, a partir de ese susto sangriento, innumerables caminos se le fueron abriendo, los conciertos comenzaron a llover, y de súbito, ¡los viajes! A blindarse con pasaporte, abrigo, bufanda, guantes, medicinas, todo un arsenal que en Cuba pareciera más digno de una película sobre la segunda guerra mundial, y que sólo se resuelve a base de préstamos y cachicambeos en el mercado negro. La rigurosa madre ordenó todo cuanto consiguió en la lustrosa maleta de vinil con impecables hebillas, seguras para cruzar el aire. ¡Un reposo quincenal en la ciudad de los mitos! La madre golpeaba adrede con los nudillos resecos en las envidiosas puertas de los vecinos cerradas a cal y canto, amargándolos con el estribillo:

—¡Mi hijo se va a París de Francia!

Volvió del ensimismamiento muerto de la risa. Para en seguida contraer los músculos de la cara, pues una *madama* cargando obeso y enlacado yorkshire tensó los ojos enviando mensajes enroscados en flechas venenosas:

—*Vous êtes fou ou quoi? Pourquoi vous regardez de travers à mon pauvre petit chien?*

—¿Perdone? —inquiere él sorprendido.

—¡Que si está loco, hombre, ¿por qué mira tan fijo a mi perrito?! ¿No ve que lo asusta? —la francoespañola fustigó la abstracción del joven.

El canino no paraba de ladrar.

«En todo caso —pensó bien pensado—, el loco es el perro.»

El tren desembocó en la bóveda iluminada de anaranjado. Él haló la manigueta hacia arriba y la puerta exhaló el habitual resoplido de los antiguos vagones. Antes de salir miró con intensidad al perro, y sacó la lengua a la señora en señal de burla. Al instante desapareció en el tumulto que esperaba en la parada de Montparnasse-Bienvenüe. Atrás quedó la vieja desgañitada en nasales cloqueos, y el perro en nasales ladridos. ¿Cómo había podido darse cuenta de que él era un hispanohablante? Tal vez había pensado en alta voz. Algo que le ocurría con frecuencia, sobre todo cuando se hallaba emocionado. Emergió de la boca del metro en la Place de Montparnasse. ¡Por fin, bienvenido al corazón de la bohemia de sus ilusiones! Respiró hondo y estornudó de inmediato, porque la atmósfera estaba cuajada de emanaciones de Poison, marca Dior. El extracto tenía la virtud de destupir la laringe del más crónico en sinusitis. Avanzaba encceguecido por la grisura invernal, pero sobre todo por los sueños que le nacían al borde de las sedientas pupilas. ¡Ah, disfrutar del viejo París! El París de peinados a la *garçon* en cabezas de escritoras brillantes, vestidas de esmóquines, calzando enormes zapatos, ya que lo *chic* de los años veinte era lucir los pies zangandongos, además de poseer lánguidas figuras. Por tanto ignoró los macdonales, borró los anuncios de compañías aéreas, de ordenadores y lavadoras. De reojo se estrenó en la proclamación de un papel suave pero resistente, aromatizado en lavanda, de un malva que no hiere ningún ojo, y mucho menos para el que está eficaz y expresamente destinado, el del culo. Olvidó cerrarse el chaquetón, con la bufanda iba repartiendo bofetadas sin querer, a diestro y siniestro, cada vez que intentaba lanzar una punta a sus espaldas. Perdió un guante, y claro, entró en total estado de espiritualidad, ido de la realidad, en La Coupole, prestigioso café donde se había dado cita con un empresario. Atravesó el umbral tarareando a todo pecho las variaciones sobre el tema *Yo vendo los escapularios* en si bemol mayor de Chopin. Chocó nariz chata con rectísima nariz morada de estragos circulatorios debido al exceso de consumo de vino rojo, excelente cosecha. Y boca a boca, los dientes apretados hasta chirriar, pero con armonioso acento de viejo conocido, el ágil y amurallador camarero interpeló, interponiéndose en extremo amable, luciendo sonrisa de oreja a oreja, entre él y la maravilla del recinto.

—*Voulez-vous quelque chose, monsssieur?*

Pues sí, y puso cara de obvio. Esforzándose con la pronunciación, alargó correctísimo los labios, enfrascado en sacar una *u* con tono de *i*. Agudo miró hacia abajo, justo a la punta de sus zapatos, casi bizco, no cejó hasta que no divisó una masa de carne roja sobrepasar la punta de su nariz. Arrancó con la frase, como si diera un beso de piquito a Pola Negri.

—*Uuuiiine table, merrrci.*

Mesa era lo que sobraba. Recogió otra vez, con consistencia, la boca de boa, estirándola lo más que pudo en mueca retroversiva, cosa de sanar la arruga que una simple vocal había ocasionado. Las francesas son tan arrugadas debido al idioma. Ninguna crema ha logrado empañar los efectos de la mímica. La mayoría posee cuerpos de quince y caras de ochenta. Aquí es tanto el papeleo, planillas para esto, planillas para lo otro, fotocopias hasta del *papier toilette*; cada formulario a rellenar representa una arruga. Soportar la burocracia envejece, no digo yo. De lejos revolotean cual colegialas, de cerca son exquisitas madonas apertrechadas de Lancôme. Mantienen la línea a nivel de lechuga, antes de acostarse cortan una hoja en tres pedazos, uno se lo comen, los otros se los acomodan en los párpados. Mucha tisana y corredera detrás de los galgos para conservar la esbeltez, pero la jeta es una *jetattura.* Mientras se desembarazaba de lo que él denominaba la perfecta combinación para hablar un francés lujoso: la escuela de Marcel Marceau y la fañosidad de los discos de cuando la guerra, rezó para sus adentros pidiendo que el empresario no lo dejara embarcado. Apenas tenía dinero, y ya las tripas arremetían en discordante sinfonía.

Acto seguido apareció un rubio enclenque con ademanes de manejador de artistas. Fingiendo elegancia sopló una pelusilla que le caía sobre la rosada frente abarrotada de verrugas terracotas, se ajustó algo nervioso la delgada corbata olorosa a cuero de cordero. Soltó unos cuantos autoelogios por su increíble puntualidad, había logrado salir de los siete pisos subterráneos del parqueo justo cuando empezaba a llover, detestaba aquel aguacero insufrible que echaba a perder sus planes. Dijo que tuvo que volver a por el paraguas. El pianista se fijó en que enarbolaba un estrambótico paraguas para dos, evidencia de que llegaba acompañado. El otro aún sacudía sus botas de charol en la esterilla de la entrada. El acompañante tenía aspecto de *playboy* gastadito, semejante a uno de esos actores de películas porno, contaba alrededor de cincuenta años, usaba sonrisa de adorar las presentaciones. Tendió, adelantándose al primero, una mano como de pulpo, gelatinosa y opresiva. El casi-albino-emprendedor-de-proyectos-culturales hizo las adecuadas artimañas de fingirse el supersocio de ambos presentándolos en perfecto castellano de Castilla, tal parecía que recitaba el diccionario de la Real Academia. Alardeó contando que su amigo era un sublime admirador del pianista de los trópicos, arremetió al instante con una andanada de firmas de contratos y negocios como títulos nobiliarios. Se consideraba por todos el aristócrata de la música clásica.

El desgalichado camarero de vacía mirada a lo Modigliani reapareció solícito con la botella del más epatante vino, y brindaron por la gloria, aún no cometida, del pianista. Éste aguzó los tímpanos, enredó las pestañas y olfateó. Sus compañeros bebieron sendos sorbos, él apenas humedeció los labios desaprobando los acompasados gestos de lanzar tan majestuosas copas (falso *art déco*) por encima de los hombros yéndose a estrellar, señal de buena suerte, contra el piso encerado a muñeca.

El supuesto empresario tomó la palabra, para que la soltara costó trabajo. Agitador, mostró los puños de la camisa de seda. Parpadeó diez o doce veces con insinuaciones de llanto mórbido acentuando excelentes augurios de triunfo para el músico. Se autofelicitó por la indisoluble amistad que venía de fraguar entre el genio y el mecenas. Abrió el paraguas bajo techo, el pianista se erizó pues es supersticioso, el otro excusándose partió raudo comentando que ya llegaría retrasado a la reunión con un periodista del Canal Uno. Así quedaron atónitos, boquiabierto el genio y encabronado el mecenas. Ya se las pagaría el muy imbécil, pensó el segundo, y en cheques de banco suizo, por la falta de tacto al no dejar encauzada la conversación de los intereses del magnate.

—Lo que acaba de decir el señor Beaumarché es la pura verdad. Aunque olvidó aclarar algo importante, no soy francés. *I am American.* —De esta manera comenzó su preludio el linajudo financiero, e instantes después sugirió sentirse el ser más desamparado de entre los millonarios—. No crea, sufro mucho, a pesar de que lo tengo todo. En fin, dejemos de hablar de mí. Supe que su invitación a Europa es por muy corto tiempo. Usted sabe que podría quedarse para siempre si así lo deseara, para eso estoy sentado aquí, para ayudarlo. Mire, estoy frente a usted, a pocas horas de emprender viaje a Londres. Vivo de los artistas, ustedes son mi alimento espiritual, mi *élan* vital. Hay quienes dilapidan el dinero en automóviles, drogas, guerra. Lo mío es el arte. Es mi inyección para mantenerme crédulo, en éxtasis de inmortalidad. Mis colegas critican mi actitud, desprecian que gaste el tiempo en jóvenes que apenas despuntan y que quién sabe si triunfarán o no. Desconfían de mi olfato, soy exacto cuando elijo, donde pongo el ojo pongo la vara, jamás he fallado el blanco. Por otra parte, mientras más jóvenes, más moldeables, incluso usted resulta un poco mayor para mis preferencias. No recuerdo quién escribió sobre uno de sus amantes: «¡Qué espanto, ya le ha salido un vello!» Oh, no tema, no es mi caso. Soy un perseguidor, en el mejor sentido de la palabra, de genios. Escuché las grabaciones de sus ensayos, ¡divinas! Usted podría vivir como quisiera con esos dedos de oro, *f-a-b-u-l-e-u-x.* Se lo aseguro... —Confianzudo, golpeó con el puño cerrado y dando muestras de cierto cariño banal en la barbilla del músico—. *Garçon,* otra botella de vino, *please!*

El genio consiguió poner cara de quien escucha a un magnate. En realidad no podía creer que ése frente a él, vestido como cualquier parisino, con americana a cuadros malvas y pantalón de corduroy negro, despeinado y hasta comunicativo, fuera alguien con tanto plataje. Entretanto, el otro enumeraba castillos de su propiedad en el Midi, adquiridos por una migaja de pan, una baratija, y más castillos en regiones italianas cuyos nombres sonaban a versos de Giacomo Leopardi. ¿Sería rico, o espía? *I am American*, había dicho. La poca costumbre de tomar un avión le hacía creer, estar convencido, o desconfiado, de que el mundo estaba compuesto, además de una apabullante mayoría de pobres, de ricos y espías.

A la vez que esto sucedía, yo me hallaba sentada en un café cercano, reflexionando sobre el destino y la virtuosidad del pianista, mi amigo. Pensaba demasiado en él, pues acababa de comprar en la FNAC la Correspondencia entre Lou-Andréas Salomé y Rainer Maria Rilke. A nosotros nos fascinaba leer correspondencia de celebridades. Estoy segura de que yo también, en ese momento, aunque fugaz, pasé por su mente.

Recordé cuando cumplió los siete años. El padre colocó una guitarra en sus brazos, él la sostuvo como si mirara a una muñeca, luego el padre lo condujo hasta la casa de la familia de músicos del barrio, deseaba que su hijo aprendiera a tocar punto guajiro.

Fue devuelto con la premonición de que la guitarra no sería el instrumento idóneo. Más bien el piano. Esos dedos y esa melancolía eran propios de un pianista.

—Primero muerto que desprestigiado —replicó el padre. Pero, no deseando truncar una vocación que él mismo había despertado y hasta nutrido, y que en el fondo era también la suya, aceptó, aclarando malgenioso que el piano era asunto de mariconzones o de hijas bobas de ricachones, quienes sin tener nada mejor en qué entretenerse deleitaban a los novios con gorjeos y aporreos de nefastas ingenuas. Él recordó, y fue en ese segundo en que yo atravesé a zancadas su cerebro, en mi lejano comentario:

—*¡Qué energúmeno tu padre! Menos mal que te dejó seguir. Por cierto, ¿has leído las* Cartas a un joven poeta *de Rilke?*

Había sido yo quien prestó ese libro a aquel muchacho nervioso estrenándose en el ambiente de La Coupole.

—Con esos dedos... —Y el adinerado tomó sus manos entre las suyas similares a flancitos de Eleggúá.

Él enrojeció; las cosas no le iban saliendo según los pronósticos de sus amigos. En el avión había cerrado los ojos e, imbuido por las novelas francesas del siglo XIX, se había imaginado suplicado a las puertas del camerino por una duquesa que caía rendida de amor a sus pies. El que por nada se desmaya es él al sentir la garra del *gentleman* trasteando por debajo de la mesa para ir a apachurrarle el muslo.

—Debí suponerlo: dos monedas de a diez. Veinte francos es toda tu fortuna. Con eso no se vive en París. Y decir que con esos dedos pudiera comprar hasta la torre Eiffel si se lo propusiera. —El concernido respiró aliviado, menos mal que el objetivo de su cacheo era averiguar lo que llevaba en el bolsillo—. ¿Tiene conciencia de lo que significaría codearse con la Caballé, con Pavarotti, actuar en los más prestigiosos teatros europeos, en la Ópera de Viena, en París con contrato fijo? *Tiens!* Pongo a vuestra disposición uno de mis castillos. Aunque si el silencio le resulta imprescindible, el más absoluto, el sitio ideal es una abadía, ¡la acústica es pasmante! Puedo dadivar a los monjes para que lo alojen por tiempo indefinido, y se ocupen de usted. Sin ninguna preocupación. Tendrá el piano que desee.

¿A cambio de qué? Me pregunté desconfiada: nuestro sistema de vida nos había permeado del complejo de toma y daca, los estímulos debían ser morales, por nada del mundo materiales. Las personas debían sentirse más realizadas recibiendo medallas, distinciones, reconocimientos públicos, pero ¿dinero, castillos, abadías? El sistema nos había hecho a su imagen y semejanza, erráticos, indecisos, perturbados por la generosidad. Desconfiábamos hasta de nuestro propio talento, nos avergonzábamos de los premios que merecíamos, incluso de la admiración o del amor. Seguí leyendo un fragmento de la carta de Lou-Andréas Salomé a Rilke, siempre sentada en el café cercano. Nuestra amistad había nacido de la admiración mutua, nunca antes había pasado revista sobre ello. No éramos amigos de toma y daca. Nosotros no medíamos nada, ni nos debíamos nada. Creo que el punto álgido de la amistad es cuando se produce la confusión entre si es o no enamoramiento, o deseo carnal, entonces es ahí donde habrá que frenar. Depende de los convencionalismos, pero no estoy de acuerdo con que el acto sexual pueda fastidiar la sinceridad. ¿Por qué el sexo siempre deberá empezar por el sexo y no por la amistad? Él y yo éramos amigos, puede que a cambio del misterio.

¿A cambio de qué? Poco a poco puso nariz de aquí hay rabo encerrado. El multimillonario volvió a embestir con cornadas dolarísticas:

—Los artistas, querido mío, no merecen vivir afectados por las carencias, inquietos por lo que habrá en la bodega, o por lo que sucederá cuando al piano le caiga comején. Los pies en las nubes. La tierra para los simples. Le repito, ¡con esos dedos! —dijo remachando con ardida mirada de agasajador desmedido—. A partir de cuando usted lo desee su vida podrá cambiar, como si lo quitaran y pusieran a otro. Confíe en mí. Puedo incluso amarlo. No ignoro que para usted constituye un inmenso desafío emocional romper con su país, con su madre, con los amigos. El pasado no debe atormentarlo. ¡Sin derecho a la melancolía! Eso sí, a cuerpo de rey, *mon fils*, si abandona aquello y viene conmigo, y resuelve ser un gran músico, claro, si se queda a mi lado. Bien merecido y sin escatimar, le ofrezco medio millón de dólares por un contrato y por el inicio de una alianza indestructible.

Mi amigo tosió pausadamente. Contempló a través del cristal las piernas de las parisinas enfundadas en medias de encaje, los rostros maquillados a la perfección. Por la calidad del maquillaje se conoce la clase de una mujer, pensó. Los autos sofocaban la niebla, intactos, sin una abolladura, nuevos de paquete. Los edificios resplandecían, algunos construidos en *pierre de taille*, detrás otros viejos y pulidos con arena caliente. Luces, infinidad de luces. Tiendas cuyas vidrieras jamás su madre alcanzaría a imaginar. La gran vida, o simplemente la vida. Desierto. No supo por qué se le ocurrió el desierto. Un lento viaje a camello por encima de lomas de billetes verdes. En lugar de partículas de arena, al rostro se le adherían cheques bancarios. La sed lo paró de cabeza. Sus preciosas manos se cuartearon. ¡Necesitaba un piano para poder resistir! Un ligero sabor a lejía le subió al paladar. Afuera un grupo de árabes mordisqueaban mergueses con papas fritas, sin duda habían venido en el camión de *livraison* parqueado en la esquina, obstruyendo el tráfico; él tragó en seco bien despacio para que nadie se percatara de que tenía dos agujeros negros, uno en la cabeza y otro en el estómago. ¿Los magnates comerían sólo caviar? Tuvo un estallido en la afluencia que irriga la vena aorta. ¿Qué estertor apagaría la palmatoria psicológica del deber, la patria, los muertos por el bienestar de uno, los que dieron eso, lo más importante, la vida, para que él pudiera estudiar piano en un país de mierda? Te equivocas, tu país nunca fue un país de mierda, eso es lo que te han querido meter en la cabeza. ¿Qué fuerza superior doblegaría al autor a que escribiera una obra distinta, la historia a la inversa, torcer el rumbo, asegurar el destino? ¿Quedarse fuera significaba traicionar? ¿Anhelar ser un gran pianista sería desertar? ¿Desertar de qué, si él no era militar? Existirían matices, pudiera ser, ¿traicionar qué, cuánto? Lo inexistente, lo incalculable. Los muertos se habían podrido hacía rato, podridos y bien podridos, doblemente; incluso debido al fracaso del origen mismo de sus muertes. Era terrible y delicioso abandonarse en entera libertad a ese tipo de reflexiones. Si la madre no hubiera quedado del otro lado, si él no hubiera tenido a su madre, otro gallo cantaría. Pero todos tenemos una madre.

En una ocasión abrimos de par en par la ventana que daba al Malecón, por ella se coló la angustia que empantanaba. El mar bramaba, silbaba, nos enloquecía. Aquella tarde, cuánto nos reímos.

—*Si quieres aprender el ritmo de Simón, no necesitas más que corazón, pam, pa, pam, pa...* —Un altavoz vociferó la más ridícula y vieja de las canciones, como algo del otro mundo. NOCTURNO. ¿Todavía existe ese programa musical para enamorados simplones? Él vendó su cabeza igualito al hombre invisible, yo reía más y más, repitió que él era el hombre invisible justamente, descuartizó radios y televisores, degolló gargantas, las cuales guarecidas bajo el código de la familia tenían derecho a despellejar de cualquiera a toda hora, contra él, el raro, el que permanece escondido a la arenga de *¡a barrer la calle, caballero!* Trabajo voluntario a cambio de una excelente verificación del vecindario. Él, el chanchullero de la música clásica. *¡Ahí está otra vez el salao ese aporreando el piano!* ¡A estudiar la *sérénité* de los pasajes del bajo de la Sonata en mi bemol mayor, cuasi una fantasía de Beethoven! ¡Silencio! Y descubrió cómo su piano ensalitrado iba perdiendo esplendor. No necesitaba más que corazón. Un corazón de este tamaño, y se apretó los cojones, para sobrevivir a los embates de la bulla, de la mediocridad, del resentimiento.

Imaginó París rodeada de mar. El mar napoleónico de la película de Abel Gance, ese director magistral que, según cuentan los libros de cine cubanos, al final de su vida nadie le ayudó y murió de hambre y de olvido en la Ciudad Luz. Sintió miedo, inseguridad. Imaginó su rostro cubierto de lágrimas en el rostro marítimo del niño que fue el emperador. Él sólo era un melancólico fascinado por la blancura y reverberación de la arena. Quería tener de todo, música, libros, automóvil, espacio para dirigir ensoñador una orquesta, un piano reluciente como el mar. Ansiaba tener libertad, porque así debía de ser la libertad. Por eso todo el mundo lucha por ella en el mundo. Desierto. Desertor. ¿Por qué desertor si la vida no era militar? Remachacó. Probabilidades de conseguir apartamento en La Habana no existían ni remotamente. Vivía prestado, gracias a la generosidad de una amiga (esa que soy yo leyendo cartas profundas en un cercano café). Nunca llegaría a poseer la biblioteca respetable de sus sueños, la censura y la falta de papel y de vergüenza se encargarían de ello. El piano comenzaría a bandearse en ínfimo futuro, atacado por la humedad y el mal de ojo. De la comida ni hablar, tajadas de aire con rebanadas de viento. Pensó nuevamente en la madre, ya que pensar en la madre es lo único que ata, lo que nos vence. Remachacó alterado. Si regresaba perdería a su musa gordinflona, la Montserrat de tantos desvaríos, perdería al público vienés. ¿Y lo otro? Él no era un rey, era un genio, según el adinerado, y los genios se comportan fascinados por la elección. Deslumbrado, ambicioso de gloria, heroico, es decir, incluyendo el sacrificio, evocó a su sordo predilecto, Beethoven, y a su sifilítico intenso, Baudelaire. Y al poeta de su amiga, Rilke. El riquísimo tiraba el silencio del talentoso joven literalmente a la mierda, fumando con los ojos clavados en las caquitas de las peatonales palomas del bulevar.

—Estoy confuso.

El negociante apoyó los codos sobre la mesa en actitud desesperanzada.

—¿Perdón?

—Tengo una amiga...

—*Nobody is perfect.*

—Nunca antes he mantenido relaciones con... quiero decir... masculinas... —Lo dijo de un tirón—. Tengo una amiga a la que le gusta mucho la poesía de Rilke...

—¡Ah, claro, Rilke! Si hubiera vivido en estos tiempos. ¡Tantos genios desperdiciados, mire al pobre Kafka, malograda vida, obra eterna!

—Me encantaría vivir en esta ciudad, estudiar aquí, enriquecer mi espíritu... —continuó el joven—. Las grandes nostalgias no se explican, no son temas de bares elegantes. Las grandes nostalgias pertenecen a solitarios intrascendentes parqueados en tórridos cafés de esquina. La elección me concierne a mí. Pensaré en su proposición. Pero, escúcheme, señor, no puedo asegurarle nada. No veo claro si en un futuro pueda desearlo o amarlo. Yo sólo vivo esclavo de un montón de necesidades, también de otro puñado de inseguridades. Tengo una madre, tengo mis temores. Por favor, no deseo otra esclavitud que no sea la mía, la que yo mismo me escogí. Hace tiempo elegí. Entre la oscuridad o la luz. Ahora estoy en un período oscuro, tal vez algún día me llegue la luz.

—Tanto ansiar la luz, sin que ésta llegue, podría cegar, muchacho. No vivimos tiempos bohemios. El destino de Modigliani habría sido otro si él hubiera puesto su orgullo a un lado y hubiera aceptado vender al *marchand* americano. ¿Vio la película *Los amantes de Montparnasse,* con Gérard Philippe, Anouk Aimée...?

—Y Lino Ventura —interrumpió mi amigo—. La he visto unas cuantas veces.

—Mi rol nunca sería con respecto a usted el de Lino Ventura, de veras quiero ser su mecenas, es más humano, claro está, no suplico que me desee, y menos que me ame. No mendigo deseo. Pido un pequeño sacrificio: la vida sin esfuerzo no es vida. Sería una lástima que usted perdiera sus manos desyerbando tomates o sembrando papas, o cortando caña, ¡quién sabe! Creo que ha llegado el momento de que alguien intervenga, un salvador. Podría ser yo.

Rectificó muy fino, asegurando que en cualquier caso allí estaría él para socorrerlo, y al punto sacó la tarjeta de citas grabada en oro. Las puertas de sus castillos abrirían al más mínimo reclamo del artista.

—Señor, no pienso poner nunca más mi destino en las manos de nadie, y como bien ha señalado, me bastan las mías. Pero reflexionaré. Elegir duele cuando uno no está acostumbrado —dijo arrepentido del rancherismo, de esa mexicanada. Apresuró la despedida—. Ha sido un placer encontrarlo.

El aseñorado estrechó su mano hasta traquearle las

coyunturas, como para debilitar su destino; luego hizo ademán de retirarse.

—Es penoso que vacile ante tan prometedor futuro. Quedan algunos días para arrepentirse o no. Nos veremos, seguramente pronto, o quizás en algún gran teatro del mundo, si es así, pues *tant pis.*

Pis. Deseos de mear sintió cuando los grados bajo cero acribillaron su frente. Aún sujetaba en la lengua el buche de vino empinado después del adiós; con el buche enjuagó sus dientes y lo saboreó como el primer buen vino de su vida. ¡Rico! Estaba eufórico, el vino caliente lo ponía así, sabroso, como si se bañara en jalea real. Desorbitado, observó los charcos cristalizados junto al contén. ¡Dios, estaba cayendo nieve! ¡La nieve! ¡Mamá, he visto caer nieve! ¡Tengo que volver para contarlo en el barrio, caballero, como en las películas, sale humito por la boca, jaaa, jaaa, miren, humito frío igualitico a Alain Delon en *El samurai*! Pensó que siempre habría una manera distinta de renacer y que ésa podría ser una de ellas. En el café yo continuaba leyendo y releyendo la carta de Lou a Rilke; al rato levanté la vista del libro en dirección al rostro sonriente de mi amigo. Era una sonrisa que yo nunca le había conocido. Él no me vio. No quise llamarlo. *Iba hermoso y de prisa*, como emergiendo de un poema de Mercedes García Ferrer, abstraído en su silencio. Podía gritar por su piano, pero lo recordó en silencio.

RETRATO DE UNA INFANCIA HABANAVIEJERA

¿Y por qué tendría que negarlo? Sí, soy de La Habana Vieja, y a mucha honra, vaya, ¿quién les dijo a ustedes que voy a avergonzarme por mis orígenes? Yo pertenezco al casco histórico, ¿y qué, tú, qué pasó con eso? (Todo esto lo digo con las manos partidas, en jarra, una pierna cruzada sobre la otra, el pie descansando en punta, una sonrisa cubanísima, de exportación, los hombros desnudos y acentuados hacia adelante, desafiantes como los de la Cecilia Valdés en la novela de Cirilo Villaverde; la pobre mulatona fue una jinetera del siglo XIX, allá en la Loma del Ángel; todo el bendito tiempo empinando hombros, boca y culo, ¡oyéee, con el dolor que da eso en la cervical! Mi caso es algo diferente, yo no soy exclusivamente negra, ni tan siquiera cuarterona, ni china, ni rubia, ni trigueña aindiá, ni jabá. Yo soy más bien un ajiaco de todo ese rebumbio, y más.) Pues sí, mi niño, como mismitico te iba diciendo, yo me crié, desde que abrí los ojos al cielo azul tropicalísimo, estos ojitos que se va a tragar el fango, ¡ay, tú, no, solavaya!, pues di mis primeros pasos, gateé por los adoquines de la ciudad monumento, patrimonio de la humanidad y de todas esas sanacás que inventa la Unesco. ¿Que qué? Ay, mijito, habla claro, con ese acento no se te entiende ni pitoche. ¿Que usted es fotógrafo? Eso ya lo sé, mi vida linda, óyeme, ¿tú crees que soy ciega o bizcorneá? Si desde que te vi con la cámara colgando del cuello me pegué a ti. ¡Claro, corazón de melón, a mí me encanta que me tiren fotos! No, pa que tú veas es la primera vez que a mí me retrata un turista, un gallego. ¡Aaaah! ¿Que tú no eres gallego? ¿Y se puede saber de dónde tú vienes, cosita rica? Porque extraterrestre sí que no, qué va, tú no tienes ni una pizquita así de marciano. ¿De Portugal, y resides en París? ¡Eso está fuerte! Ay, tú estás un poquito raro. Bueno, y qué importa, a ver, ¿cómo quieres que me ponga? ¿Ya? ¡Contrá, qué rápido tú eres, ni los *cupets* te hacen ná! Niño, los *cupets* son los garajes nuevos donde venden gasolina en fulas. En fin, no te demoro más con cuentos del más allá, fíjate, yo soy nacida y criada en un palacio colonial, ¡un palacete, chico! Pero de palacio ya no le queda ni el nombre. Ahora se llama solar, vaya, para ser más concreta, en la calle Muralla 160, entre Cuba y San Ignacio. No te puedo enseñar el edificio porque se derrumbó, hace un tongón de años, ¡quién se acuerda de aquello! Yo era chiquitica así. Mira, mi abuela me estaba dando la comida, ¡no, y menos mal que todo el mundo estaba en la calle, trabajando, o haciéndose los que trabajaban!, pues mi abuela se dio cuenta de que en el plato estaba cayendo como una boronilla del techo, y cual endemoniá recogió lo principal, es decir, yo y veinte fulas que había comprado en el mercado negro; ¡qué luz la de mi abuela, virgen de la Milagrosa, alabao sea san Lázaro! No bien salimos del edificio, ¡cataplún! Piedra y polvo na má, igualitico al Partenón ese de los griegos que vi en un libro prestado. Luego de la catástrofe nos albergaron dos años; más tarde, bien tarde, nos dieron un apartamentico, ¡no, pero ahí todavía queda gente esperando porque le den casa! Imagínate, en ese albergue de la calle Monserrate hay mujeres que se han hecho viejas pellejas. Nosotras navegamos con suerte porque la presidenta del consejo de vecinos es tremenda chivatona y tenía un contacto que nos resolvió. Nos otorgaron un apartamentiquito, como ya te dije, muy modesto él, en la calle Empedrado número 505 entre Villegas y Monserrate. La calle Empedrado es famosísima por La Bodeguita del Medio, a la cual no puede ir ningún cubano si no es acompañado de un extranjero. Pero no te vayas a equivocar (miro a todos lados), cuidadito ahí, a mí me priva este país, ¡aquí somos requetefelices y palanta y palante! Hace un calor del carajo, pero mira cómo hay playas y arrecifes, las playas pa los turistas y los dientes e'perro pa los nativos. Pinta pallá, ahí viene Maruja, la señora del pañuelo en la cabeza y el bastón, la viejita de la jaba. ¡Ay, verdad, qué torpe, si todas las viejas llevan jabas! Chico, esa que camina apoyándose en la puerta de latón de la bodega. Esa viejuca es de lo más mortalítica, quiere decir superchévere. Ella es hija de isleños, de los de Canarias, pero nació aquí, esa pobre señora se pasa la vida en las colas, del cuarto a la bodega y de la bodega al cuarto. Un día se paró en la esquina, miró a la profundidad, al abismo interior de la jaba vacía y dudó: *Ay, mi madre, Cristo bendito, qué memoria la mía, estoy ya tan arteriosclerótica que ya no sé si es que voy o vengo del mercado.* Con eso te lo digo todo. ¿Qué cosa, mi chino, que cambie el tema? Sí, sí, sí, yo sé que a ustedes los fotógrafos les amargan estos temas. A mí lo que me entristece es ver cómo en las fotos la pobreza se ve así, tan bonita. ¡No, mi amor, eso yo no te lo voy a negar, aquí sí hay pobreza, y mucha! Escúchame bien, ¿ves a esa mujer sentada con el perro, y al otro tipo que mira pallá, y al negro de punta en blanco que hasta la cabeza la tiene blanquita en canas —dicho sea de paso, ese negro debe de ser viejo como loco, porque pa que a un negro se le vean las canas es porque es de un siglo de antes de nuestra era—, pues ese conjunto de personajes tú los ves y los fotografías y ya, y luego te largas a tu país, pero lo bueno de la foto, lo que tú te pierdes, es ese más allá que hay de la puerta padentro, detrás del niche canoso. Por esa puerta padentro hay una lobreguez que le para los pelos de punta al más pinto. ¡Una miseria que ya quisieran las favelas venezolanas o brasileñas! Cállate boca, ahí llegó la fiana, *brigada central*. A propósito, ¿allá por donde tú vives no pusieron en la televisión *Brigada central*? Es un serial español, donde actúa Imanol Arias, el que hizo de Leonardo Gamboa con Daisy Granados haciendo de Cecilia Valdés. Yo lo conocí, ¡niño, estáte tranquilo!, ¡más decente! Me firmó un autógrafo y todo, en la plaza de la Catedral. ¿Te quedaste botao, no entendiste? Bueno, desmaya el chisme. ¿Y cuál es el cuento con estos dos policías que se aproximan como quien no quiere la cosa? *¿Qué sucede, compañero? Usted mismo el de la camarita. Aquí hay mucha dignidad pa que lo vaya sabiendo. ¿La joven lo está molestando? No, porque por acá pululan una cantidad de muchachos malcriados, escoria, vaya... ¿Cómo dijo, una foto de nosotros? ¿Los dos juntos? Estamos trabajando y nos puede costar caro, bien, dale, métele ahí rápido, ¿cómo nos colocamos, nos reímos? Mejor no nos reímos. Chácata. Ya usted sabe, aquí estamos para servirle. Cuba es un eterno verano, venga a vivir una tentación.* A mí me han dado un revirón de ojos, se ve que no les gustó que estuviera renguinchá de ti, fotógrafo. Sí, aquí hay mucha dignidad, demasiada, sobra, pero la dignidad no se come, cariño, en fin, el mar... Hablemos de los peces de colores. ¡Apunta pallá, no te las pierdas, ay qué niñitas tan monas, una en el velocípedo, y la otra con perrito de lo más chulo! Ah, ya las habías visto, por supuesto, el fotógrafo es el que ve más rápido, más hondo y mejor. Cualquiera diría dos típicas habaneritas, graciositas, ahorita te preguntan la hora a ver si eres yuma, primero pa pedir chicles, luego que las saques del país... Pa que tú veas, la gente engaña, ellas sólo querían una foto, ya tú ves, todavía quedan niños educados. Yo también lo soy, que se sepa que tengo trece años nada más, mi chino, y ni sé en qué etapa de la vida estoy, aquí una se hace tembona en un pestañazo, pero al mismo tiempo no conozco na de la vida. Pa mí el mundo es La Habana Vieja, cuanto más Centro Habana. Una vez me desplacé hasta el Vedado, pero el transporte está en llamas, en candela, vaya, no hay quien se empate con un camello, nombrete que les hemos puesto a las guaguas en la actualidad. ¿A pie? ¡Mi cielo, no hay jama, no hay proteína pa tanto! Tú sí que puedes, porque tú estás ranqueao en las grandes ligas con respecto a carnes, vegetales y frutas. Pero aquí una ni ve pasar la carne. Yo, en la vida he visto una vaca viva. ¡Ah, no, espérate!: una vez vi una en el noticiero de las ocho de la noche por el Canal Seis. Sí, aquí tenemos sólo dos canales, el Seis, que es el de la novela, y el Dos, que es el de la pelota y los discursos. Desde que tengo uso de razón veo la telenovela brasileña, es una cosa que me priva, en un televisor marca Caribe, en blanco y negro, pero de que la veo la veo, ¡cómo no! En un futuro no muy lejano, a lo mejor mi mamá, o yo misma, consigamos un aparato a color... ¡No, no, no, tú no te me puedes negar, tienes que hacerle una foto a ese que viene por ahí! Te presento a mi padrino, él es palero, abakuá, y todo lo que tú quieras y mucho más, ¡a su prenda hay que decirle usted! Cuando lo necesites él te puede hacer un buen trabajo, amarrar a tu mujer pa que no te deje nunca, envolver a tu jefe pa que te aumente el sueldo, lo que tú pidas por esa boca él lo logra, ¡es un puñetero volao! Padrino, no se asuste, quieto ahí que lo van a retratar, vas a salir publicao en el mundo entero. *El mundo entero, el imposible.* Ya se aleja indiferente, cantando un bolero, trafucándole la letra. Ahí se va mi padrino, ajustándose la gorra sudá. Te voy a contar un poco de mí, fotógrafo, dime si te interesa, claro. Yo siempre me he destacado por ser tremenda pandillera, pero sana, sin hacerle daño a nadie. A mí lo que me gusta es estar en la calle, mataperreando, jodiendo, riéndome, de marimacha, arrecostá en cualquier pared viendo a los turistas pasar. Debe de ser extrañísimo eso de ser extranjero, ustedes van por la vida así, tirando fotos como en una película, sin inquietarse por si llegó el huevo, o que si la leche se cortó con el calor y por eso no la despacharon. A mí, cuando me preguntaban de chiquitica que qué quería ser cuando fuera grande, respondía que extranjera. A veces odio ser yo, pero otras lo que siento es deseos de seguir aquí, sin hacer ná, mirando a todo el mundo pasar. ¿Estoy despeiná? No, es que no soporto salir desarreglá en las fotos, qué dirán por ahí después, mira a esa chiquita con las pasas paradas. A mí me fascina verme bonita en los retratos, sucede como con las casas, es cierto que aquí la ciudad está desbaratá, pero todavía quedan algunos lugares más o menos elegantes. Lo que esta zona del casco histórico la han restaurado de manera b-a-s-t-a-n-t-e acogedora, pero lo que es de ahí pallá, pa envuelta de la iglesia de la Merced, de Muralla hacia Paula, lo que son las calles Santa Clara, Luz, Acosta, Jesús María, Merced, San Ignacio, Muralla, Inquisidor, Habana, Cuba, Aguacate, Villegas, todo eso está en ruinas. Por ahí anda un chiste que dice que los americanos deciden bombardear Cuba de una vez, ya, pa que Quien Tú Sabes no se llene más la boca diciendo que los americanos quieren agredirnos y que esto y que lo otro. Entonces envían un cazabombardero pa acabar con nosotros, pero en el momento de tirar la bomba, el piloto mira para la ciudad, toca con el codo al copiloto preguntando: «Oh, Scott, ¿quién se nos habrá adelantado?» Y sin embargo, la vida tiene cada cosa, porque así y todo la ciudad luce simpaticona. Yo he chancleteao este barrio que tú no tienes ni una idea, de cabo a rabo, este niño, no hay familia decente ni bandolero que yo desconozca. Soy socia, ambia, vaya, hasta de los curas de la iglesia de la Merced y del Espíritu Santo. Si supieras la suerte que tengo para las amistades mayores. Mi madre trabajaba en una pizzería que acaban de cerrar, en la calle Obispo, ahora se dedicará a fundar una Paladar, es decir una pizzería en fulas, semiclandestina. La ayudaré, por supuesto. ¿Los materiales? Los ingredientes querrás decir, ¿que de dónde voy a sacarlos? A mí sí que no me preguntes sobre esa situación, yo qué sé. De por ahí. En una ocasión comí gato, sin enterarme, unas albóndigas de miau. ¡No, ahí sí que no, mi vida linda, los perros son sagrados en este país! Tú no ves que los perros pertenecen a san Lázaro, que es un viejito muy santo, milagrosísimo él. Desde que soy gente asisto cada diecisiete de diciembre al Rincón, donde se encuentra el santuario del viejito que me protege, ¡y de rodillas, de r-o-d-i-l-l-a-s, ni ná ni ná! Porque yo soy de lo más devota. ¿De quién, a quién tú mencionaste? Por favor, cariño, no pronuncies ese nombre que trae mala suerte. Yo me considero única y desinteresadamente devotísima de Babalú Ayé, que no es otro que san Lázaro. A mí nadie me obligó, con ese don se nace, es muy natural. Aquí el que no tiene de congo tiene de karabalí. Acto seguido podrás interpretar que a todo lo largo y ancho de esta islita, por delante, por detrás y por los cuatro costados, toditos tenemos nuestra cosa hecha, su cuestión preparada. ¿El qué? ¿El comucuánto? ¡Oye, mira que tú eres cómico! Pues él, ¿el comunismo me dijiste? Él, ahí, de lo más bien, encantado de la vida, saludable y alimentadísimo, como si con él no fuera, haciéndose el de la vista gorda. ¿Qué otras cosas lindas podría contarte? Vaya, para que te lleves una excelente imagen de este país. ¡Ya sé! Pues, tengo una amiguita que vive muerta con el circo, encandilada con los payasos y con los elefantes y con los trapecios y todo cuento. Sí, me confesó que sueña con ser trapecista. Yo, antes, quería ser gimnasta, como aquélla, la Nadia Comaneci, ¿la recuerdas? Pero clausuraron el CB deportivo de la calle Mercaderes, las instalaciones se jodieron por falta de mantenimiento. Ya no quiero ser gimnasta. ¡El CB, niño! ¿Tú no sabes lo que es un CB deportivo? No, para nada, no es *se ve*, se escribe C y B. ¿Cómo, igual a esa tarjeta? En mi vida había visto yo carta tan brillosa. No seas mentiroso, tú. ¿Que con esa postalita se puede pagar? ¡Qué va, pa su escopeta, ni me la acerques, no quiero cuentos con trucos raros! (Ahora me alejo, haciéndome la brava, la rebelde, la salvajona, pero esto de la foto me tiene trastorná; él se detiene en una esquina, el vecindario lo aborda; retrata a todos cuantos se meten delante del lente, después regala las pruebas que van saliendo, ha alborotado al barrio; le sacó una al tipo que le dicen el cosaco, debido al sombrero y el bigotón, el socio estaba en tremenda pea, con un ojo entretenido y el otro comiendo mierda, manda un feo que ni malanga, pero ¿quién lo iría a decir?, resultó ser superfotogénico, quedó bonito y todo; en la parada sobreviviente de guaguas fotografió a Pepito, quien regresaba del policlínico con una placa de los pulmones en la mano, toda la luz del universo atravesaba la radiografía; sin contención ni remilgos vuelvo a engancharme de mi amigo el fotógrafo, aquí estoy, pegá como un moco, pero él es de lo más cariñoso, pareciera cubano. ¿Que qué? Ya empezó de nuevo, es tremendo preguntón.) ¿Que por fin qué voy a ser cuando sea mayor? (Me la puso en China, ya le conté que me decepcioné con la gimnástica.) Ay, chico, todavía tengo tiempo, no le he dado mucha cabeza a ese asunto. Como soy medio marimacha a lo mejor va y me dedico a técnica de bicicleta. (De súbito, descubro a Lola, la lavandera, sentada en un banco cagao por los sinsontes del parque de la plaza de Armas, ahí está más solita que la soledad misma, con un suetercito rojo, sucio que da grima, con el calor que se está mandando; yo que siempre ando en chores bien corticos, a punta de nalga, sin ná pa arriba, porque como aún no he desarrollao bien. Lola fija la vista en la luna de Valencia, anda por Belén con los pastores, acariciando a otro perrito abandonado, a quien ella de seguro acaba de recoger, es una perrera de ampanga.) Pues, oye lo que te voy a decir, mi curucucucho de mamey, si se pone más dura la situación me dedicaré yo también a lavar pa la calle, o a mirar pa los celajes, igual que Lola, o a recoger perros, o a las tres cosas juntas. ¿No te parece una buena idea? Tal vez, pensándolo mejor, si esto se arregla, si cambia, vaya, quién sabe. ¿Tú de verdad tienes fe en que esto se compondrá algún día? ¿Crees que yo pueda llegar a ser fotógrafa? Sí, como tú.

BAILARINA DE VIENTRE Y VÓMITO

Había dejado a la niña en la carpa de los elefantes junto a otros niños y al cuidado de unos amigos. Caminé por las desiertas callejuelas, cubiertas de polvo reseco; de vez en cuando tropezaba con mujeres temerosas acompañadas de sus vástagos, envueltas en trapajos negros y veladas también con calurosas telas prietas.

Entré en una casucha cuya puerta era únicamente una pesada cortina de raído damasco. En el interior reinaba la penumbra y un tufillo maloliente a grasa vieja y a yerba quemada. Regados por los rincones avizoré innumerables cojines, también polvorientos y destripados; encima de ellos descansaban hombres cejijuntos con turbantes, quienes me miraron con una mezcla de desasosiego y desprecio. En un pequeño salón central, con piso de tierra, un joven acomodó su raro instrumento musical. De inmediato el recinto se colmó de una melodía semejante a la de los cuentos de princesas árabes.

Ella surgió, precedida de una humareda infernal,

vestía pantalones bombachos anudados con pulseras a los tobillos, muy bajos a nivel de las caderas, mostrando el ombligo, dentro del cual brillaba una falsa perla negra. Los pechos tapados con una blusa de gasa que transparentaba la desnudez de los brazos, no así la de los pezones, escondidos éstos por una chaquetica tipo torero enguatada y bordada con espejitos. Llevaba la cabeza adornada con una diadema barata, de la cual salía un velo tapándole el rostro, salvo los ojos delineados en kohol, de una negrura tan brillante como la perla. Inició la danza del vientre. Puro turismo, me dije; sin embargo, era perfecta, añadiría que más delicada que lujuriosa. Sus ojos se posaron extrañados en mí; sin embargo, no paró de bailar.

Al rato, los hombres perdieron el interés por su presencia y continuaron con sus discretas conversaciones masculinas. Entonces ella aprovechó y fue aproximándose a mí, mientras daba vueltas y más vueltas, sin dejar de temblequear su vientre, no su cintura. Primero me hizo un guiño cómplice, que yo correspondí no sin miedo, pero para que se sintiera en confianza y no fuera peor. Poco después se acercó aún más, pegada a mí considerablemente, y murmuró en perfecto cubano:

—Creo que nos hemos visto antes.

—¿Dónde? —inquirí insegura.

—Allá, en La Habana —respondió con los dientes apretados en una fingida sonrisa inocente.

—Ah, bueno, claro.

No podía comentar otra cosa.

—Soy Maritza, la de la calle San Juan de Dios, la bailarina del Parisién.

—¡Ñooo! —exclamé y al punto contuve mi sorpresa, pues ya dos fumadores de opio indagaban con una guapería fuera de lo común por estos lares.

—No puedo contarte ahora, es una larga historia —susurró dejándome con los ojos botados semejantes a los de La Máscara de Jim Carrey.

Escapó al centro del churrupiero salón y por unos minutos cambió el vaivén de su vientre por un remeneo de cintura a lo rumbera de carnaval de antaño, duró muy pocos instantes, cosa de probar que no mentía. Pellizqué mi antebrazo, restregué mis párpados, ella continuaba allí, batuqueando las caderas en un guaguancó a ritmo de cítara y flauta. Luego recuperó su presteza y prestancia de diosa esmerada. La melodía cesó de súbito y ella desapareció en una nube apestosa a estiércol de bestia sagrada. Me apresuré al exterior, busqué detrás de la casucha, a un lado y a otro, investigué en aledañas tiendas de bisutería: nadie la había visto, nadie la conocía, como si se hubiera evaporado, o jamás hubiera existido. Regresé por la calle principal, donde volví a toparme con mujeres cerradas en negro acompañadas de sus hijos, haciendo el trayecto a la inversa.

En la carpa de los elefantes esperaban mis amigos.

La niña montaba encima de uno de los paquidermos, risueña y turística, llamándome mamita, ven, te voy a presentar a Dumbo; tan occidental en su inocencia que sufrí un vahído al descubrir mi confusión con las referencias. Recordé, o tuve una visión, vi a aquella joven bailando, alegre, en una tarima de un lujoso cabaret del Vedado; idéntica mirada de la bailarina del vientre; una rumbera sabrosona transformada en princesa oriental. ¿En princesa?

EL NO DE NOEL

Mi abuela fue muy revolucionaria hasta el día en que el gobierno prohibió las navidades, allá por los años sesenta, con lo cual debo admitir que bien poco duró el embullo rebelde verde olivo en nuestro hogar. Por otra parte, mi madre se jactaba afirmando que, a pesar de ser pobres, siempre habíamos cenado como Dios manda. O lo que Dios mandaba. Y trabajando normal, sin tanta matazón, podíamos asegurar que el Señor era generoso. Hoy en día nadie puede trabajar, ya que aunque te despetronques echando el bofe cual mulo de carga, Dios se hace el chivo loco. Y si no tienes una familia mayamense, o en el exilio de cualquier otra parte del planeta, que mande dólares, pues te cagaste en tu madre, y de paso puedes ir pujando encima de Dios también.

Es cierto que conservo muy pocos, pero intensos recuerdos de aquellos *noeles*, los cuales mi madre y mi abuela lucharon por alargar hasta que las carencias originadas por el *doble bloqueo*, el externo y el interno, sobre todo el interno, consiguieron vencerlas e incluso doblegarlas. Lo primero que se acabó fueron las sidras, los turrones de Jijona, de Alicante, y las uvas. Aunque, abuela, precavida al fin, acaparó maletas enteras de esos productos, con lo cual estuvimos comiendo turrones españoles resecos y pomos en conserva de uvas podridas hasta el mismísimo día en que Yuri Gagarin y Valentina Tereshkova visitaron Cuba. Me acuerdo porque mi abuela jamás se empató con un nombre soviético, y comentaba mientras mordía con máximo esfuerzo la cáscara de un turrón, dejando incrustada la dentadura postiza en los trozos cual ladrillos de Alicante:

—No me gustan ni un poquito el Gargarín este ni la Tres Escobas.

Las uvas en conserva eran de una asquerosidad pegajosa, una receta inventada por ella. Hervía uvas caletas en azúcar y agua, sellaba herméticamente con cera los recipientes de cristal, los cuales habían contenido otros alimentos o frutas diversas. La sidra, al abrirla, ni espumeaba. Más tarde se esfumaron el puerco y los frijoles negros, los tostones y los aguacates. Mi madre, tan sacrificada, se acostaba con cuanto guajiro macho encontrara, cosa de asegurar la cena de fin de año. Mi padre había decidido abandonarnos, a consecuencia de una insensata discusión con ella. Él era un vago irremediable que hallaba genial cuanto deshacían los barbudos, pero que no había tirado al aire ni una trompetilla contra Batista. Mi abuela, atenta, desconfiaba de cuanto cambio experimentaba la nueva sociedad. A mi madre le daba lo mismo un escándalo que un homenaje; su ilusión consistía en colocar un arbolito, instalar el pesebre y tener comida; así tuviera que matar. Hablando del tema: la ruptura de mis padres tuvo que ver con la muerte. Más exacto, con un suicidio. Fue precisamente el último día navideño autorizado de manera oficial.

—Aprovechen, porque a partir de ahora tendrán que cenar escondidas debajo de la mesa, y con antifaz puesto para que no las reconozcan —sentenció triunfante mi Puro—. Ah, y el árbol tendrán que botarlo a la basura, o armarlo dentro del chiforrover. Toda esta jodedera de Santiclój y de los Reyes Magos son rezagos del pasado capitalista. Al primero que yo vea aquí el año próximo partiendo una nuez o una avellana se puede considerar, ¡desde ya!, un preso político.

Aquí siempre se pronunció el nombre de Santiclój en un suspiro, tal como lo escribo.

—Atrévete, cacho de degenerado, que te mato como a un perro. ¿Ves este cuchillo? Si no quieres que la próxima carne que rebane sea la tuya, desaparece de mi vista. Es más, mañana mismo te envío los papeles del divorcio.

Mi viejuca cumplió al pie de la letra su amenaza, que fue más que eso. Ella respetaba con fervor las tradiciones. Soy una de las muchas hijas de padres divorciados debido a una traumática nochebuena.

Aquella vez, el Purete, mi padre, no le hizo el más mínimo caso a mi madre, determinando tan tranquilo que ella estaba más arrebatada que una cabra y que no haría semejante barbaridad, la de plantearle el divorcio. En aquel momento sonrió cínico, al tiempo que descorchaba una botella de sidra, una de las que aún conservaba gases, la cual al ser abierta retumbó estrepitosamente, ¡bum! Pero, otro ¡bum! más potente y disparatado retumbó en dirección del pasillo.

—¡Ñoooo, pa su escopeta, eso fue un tiro y lo demás es cuento! —exclamó papá.

Mi prima y yo nos lanzamos a la puerta para sabinear. Sobre las losas multicolores del piso árabe yacía el cuerpo inerme de un joven miliciano. El revólver en su mano aún humeaba, los sesos salpicaron mi velocípedo tejido (innovación de abuela, más adelante conocerán de sus inventos), el cual yo había dejado abandonado en el patio central. En seguida se armó el barullo y el repeluco y para nadie fue un secreto que el sobrino de Mercedes la Pintá (le decían así por las manchas de güito en la piel) se había suicidado pues su novia lo había embarcado yéndose a sandunguear con un negro-azul a la Tropical. La tía del joven, anegada en llanto, mostró la nota que él había escrito minutos antes del pistoletazo: «Rosita, mi cielo, no te perdono que me hayas dejado plantado por el negro-azul Noel, y hasta me contaron que te vieron apretujándote. No es que sea celoso, es que tengo una cosa que se llama dignidad. Prefiero la muerte a los tarros.» Estoy segura de que el miliciano estaba haciendo el paripé para atraer de nuevo a su novia, y el tiro se le fue por la culata, más allá de lo que imaginaba y se mató; nada nuevo, ya le había sucedido a Chivás. En este país hay un fátum de alardosos suicidios devenidos realidad. Además, que a nadie lo coja de sorpresa, en Cuba los crímenes pasionales siempre fueron, son y serán así, tan caprichosos, tan banales como sangrientos. La crónica roja fue eliminada de los periódicos porque no se avenía con la moral comunista, pero de ninguna manera fueron erradicados los suicidios o los asesinatos por celos bobos, más bien aumentaron. Recuerdo, alrededor de los años setenta y pico, una manicura casada con un pelotero famoso; él no sólo gozaba de una pila de querindangas, sino que tenía muy rejodida a la pobre mujer con las malas borracheras, pues le daba por maltratarla físicamente, abollándole los ojos, ponchándole las tetas, amoratándole las nalgas, entre otras torturas. En cierta ocasión —la ocasión que colmó la copa—, el desdichado cometió el error más grave de su vida, ya que dedicó en público el jonrón que lo hizo célebre a la rubia tetona que bailaba con la orquesta del Pello el Afrocán, la misma que enloqueció a la bolita del mundo tiempo atrás remeneándose al ritmo del mozambique. La manicura quedó desconsolada, pues ella siempre había ansiado, como prueba de amor, que su marido le colocara de un batazo espectacular la pelota en la luna, es decir, ser obsequiada con el jonrón de la historia del béisbol cubano. Pues no, mi corazón, él se lo ofrendó, por escrito, quiero decir que salió en todos los periódicos —ahí falló, hay cosas en la vida que no deben declararse nunca—, a la oxigenada pechugona que inmortalizó el ritmo del mozambique junto a los navajazos en las nalgas con los cuchillos envueltos en pañuelos de seda al tiempo de «Jajá, jajá, jajá, el perico está llorando». La manicura hizo como si con ella no fuera, entonces esperó paciente y pacífica a las fiestas de fin de año. Cuando el marido cogió una de esas peas moribundas, de las que no quita ni Belarmino Castilla, en las que ni se siente ni padece, tirado de bruces en el sofá, ella llegó en puntas de pie, parecía que iba a bailar *Giselle,* roció el atlético cuerpazo con alcohol mezclado con queroseno, comprados a sobreprecio, y tirando al desgaire un fósforo extraído de una caja familiar le prendió candela. Acto seguido partió decidida y triunfante, con su neceser a cuestas, a pintar las uñas de las encantadoras clientes que irían a celebrar la víspera del primero de enero en cada barrio. Porque lo que empezó a conmemorarse por aquel entonces no era el advenimiento de Cristo, sino el de Castro. Las cenizas del jonronero fueron lanzadas en acto solemne al apestoso río Almendares.

Al fin de año siguiente se cumplió el dictamen de mi padre para desgracia de mi vieja. La compañera de vigilancia de los comités de defensa concentró su cuerpo y su alma, es decir, todas sus fuerzas físicas y malévolas para indagar sobre los posibles compañeros cederistas que, dejándose tentar por la propaganda enemiga, habían armado un arbolito de navidad, incluso en algunos casos en el interior de las tazas de los inodoros. Mi madre, ni dudarlo, ella como la primera había pecado instalando el suyo en la bañadera. Por nada nos electrocutamos. Cada vez que tocaban a la puerta escondía el cacho de pino en un tanque de cincuenta y cinco galones. En ese estira y encoge, lleva y trae, dale pacá y dale pallá, se le fueron rompiendo una a una y en cantidades industriales las bolas, estrellas y cuanto adorno de navidad guardaba desde la época de ñañá seré. Tanto desbarajuste armó que las guirnaldas hicieron cortocircuito y los foquitos de colores chisporrotearon, un fututazo la tiró contra la ventana, y por poco se revienta de un sexto piso. La compañera de vigilancia informó a la empresa de mi madre de sus debilidades ideológicas y tendencias negativas. La vieja fue trasladada a una plaza de menor envergadura, de carácter poco confiable, perdiendo así la mitad del sueldo.

Pasaron treinta años, en los cuales se quisieron silenciar las fiestas navideñas, inclusive el día 31 del pasado diciembre, un presentador del noticiero del Canal Seis fue castigado dos meses fuera del organismo de trabajo, por desear —y no por la ironía del «próspero»— a los «amigos» (y no compañeros) «televidentes, felices pascuas y próspero año nuevo. Y muy buenas noches, señoras y señores» (una vez más sustituyó lo de compañeros).

A las navidades sólo tienen acceso los turistas y los traficantes de cualquier extravagancia, desde cocainómanos hasta pedófilos. Aunque hoy por hoy la gente coloca de a pepe cojones sus pinos engalanados con lo primero que se encuentran, el más inverosímil adorno de confección casera. A nosotros, la generación de los felices, Papá Noel nunca nos dejó nada. El 24 es el nacimiento de Cristo, el 31 es fin de año, y el 6 de enero es Reyes. Los Reyes Magos se supone que debieran venir cargados de ¿juguetes? para regalar a los niños que se portaron bien y que no dijeron ni una mentira. ¿Cómo lograrlo en el reino de la mentira? Sin embargo, todo eso fue hace muuucho tiempo, luego las fechas cambiaron, lo que debíamos conmemorar era el primero de enero, el triunfo de la Revo, y a los niños se dedicó un día anodino del caluroso mes de julio. Cualquiera diría una historieta de Walt Disney, en la onda Bambi, de bastante sufridera y calamidades. Y para de contar. Antes, lo de los niños cubanos eran los Reyes Magos, o Santiclój. Aunque mi abuela siempre quiso inculcarme la idea europea de que Santiclój no era otro que Papá Noel, y que en lugar de venir el 6 de enero se adelantaba un poquito y dejaba los regalos el 24 de diciembre. El cuento terminó muy rápido.

Desde que tengo uso de razón me ha tocado por el día de los niños, y por supuesto, por tres casillas de la libreta de racionamiento, los mismos juguetes: un juego de tocador que consistía en un espejo, un peine y un cepillo plásticos, ése era el artículo básico; un juego de yaquis de plomo con pelotica negra de caucho mal recortado y un juego de parchís, los dos eran considerados artículos dirigido y adicional. Para obtener buen número en la cola y, por lo tanto, aspirar a juguetes de mayor calidad, debíamos pasar el año entero rectificando el puesto, durmiendo madrugadas en el quicio de la ferretería improvisada transitoriamente en juguetería. Después había que llamar por teléfono a un número especial para conocer en cuál de los cinco días de venta tocaría comprar. Nosotras no teníamos teléfono en casa, las colas para los teléfonos públicos eran un espanto. Nada, jugar se me convirtió en una horrorosa pesadilla, encima los días de las criaturas eran decepcionantes porque lo mejor de los juguetes estaba reservado de antemano a los capos de siempre, los mandamases.

Pero mi abuela, empeñada en que yo no sufriera los horrores y los traumas de las carencias y del comunismo, desde muy temprano comenzó a confeccionar juguetes con materia prima desechable. Por ejemplo, el velocípedo lo tejió con alambre de púas, ni les cuento de qué color y grosor se me pusieron las nalgas. La veintiúnica bicicleta que tuve fue de bagazo de caña, duró cuarenta y ocho horas. Fabricó los patines con latas de carne rusa, sin carne. Ésos me duraron un tiempo más, pero por nada pierdo los pies, estuve a punto de morir de gangrena, ya que las latas se partieron enterrándoseme en los calcañales. Fui ingresada un mes en la Casa de Socorro.

La víspera de Noel abuela me obligaba a escribir una cartica pidiendo los juguetes a cambio de una excelente disciplina. Yo desataba mi imaginación solicitando carriolas, carros patrulleros con alarmas, un bate y una pelota, un helicóptero (los juguetes de las hembras son tontos), entre otros; ella me bajaba de la nube tirándome de un jalón de oreja hacia la racionada realidad, indicándome con precisión el tipo de regalo que debía encargar. En no pocas ocasiones pagó cinco pesos al negro-azul Noel, el que había manoseado a Rosita en la Tropical, para que se hiciera pasar por rey mago. Lo vestía de rojo punzó, introduciéndole relleno dentro de la camisa para inflar el postizo de la barriga, con algodones camuflaba las pasas, luego pegaba con baje en el mentón una larga barba blanca. Más que Papá Noel o Santiclój parecía un diablo colorao. El negro-azul Noel con tal de ganarse la vida hubiera aceptado ponerse unas zapatillas y un tutú y habría bailado *El lago de los cisnes* mil veces con mejor estilo que Alicia Alonso en sus buenos tiempos.

Yo es que soy incompatible con las fiestas, tener que divertirme un día determinado a una hora precisa es una cosa que me revuelve las bilis, vaya que me vomito, no de goce ni de borrachera, lo contrario, de aburrimiento. No siempre fui así. De niña no era tan pasmada, y si bien jamás fui una viciosa promotora de las Pascuas, al menos intentaba burlarme de su parafernalia. Soy tan aburrida que ni siquiera sufro traumas para entretener aunque sea a los psicólogos. De chamaca me encantaba la iglesia, asistía a misa de domingos pues daban desayunos abundantes, teticas de chocolate, y prestaban juguetes. Iba conducida de la mano de abuela, que muy requetebuena y todo pero también era tronco de oportunista. Abuela creía en Juana y en su hermana (que conste que la he querido más que a nadie), se dejaba guiar por lo humano y lo divino, dándose sus vueltas por el templo a ver qué se le podía pegar. Y en tiempos de crisis está más que comprobado, el Vaticano no abandona a sus falsos fieles. Las monjas servían café con leche y hasta pan con mantequilla, y nos regalaban ropa de donaciones. No solamente ahora las donaciones se han puesto de moda, hace treinta y nueve años estamos sobreviviendo de la caridad pública, o de los robos públicos, como cuando el gobierno autorizaba a la gente a llevarse las pertenencias de los que se iban del país, ¡manigüiti un peo! Comprendí que mi país era distinto, espantosamente distinto, el día en que vi la película francesa *Partir, revenir*; la trama sucedía en plena segunda guerra mundial, los dueños de una casa debían marcharse, antes cubrieron los muebles con sábanas blancas; terminada la guerra regresaron y lo único que tuvieron que hacer fue abrir la puerta, destapar los muebles, encender la luz, y si acaso quitar el polvo acumulado durante la ausencia. La residencia se hallaba intacta. No es el caso de nuestros exiliados. Pero la culpa nunca será de nadie. O sí, la culpa la tiene... Piensen un poquito, es fácil, ¿quién, a ver? A que no lo adivinan. Es superfácil. El *bloqueo*, caballero, el bendito o maldito *bloqueo.*

A mamá se le fue aplacando algo el tormento navideño. En la actualidad, cuando se aproximan las fechas reúne la mayor cantidad de meprobramatos y diazepanes, suficientes como para echar una zurna desde la madrugada del 23 del último mes del año hasta el 7 de enero.

El mejor regalo que abuela me hizo fue morir un 24 de diciembre. Me vacunó contra la alegría navideña. Y no es que considere su muerte como un regalo; al contrario, yo miraba por los ojos de ella, era lo que más adoraba en la vida, ya lo dije; fue ella quien lidió conmigo desde chiquitica, quien me crió, y me malcrió. Sin embargo, su muerte permitió, como señalé antes, que me vacunara sentimentalmente contra la euforia de Noel. Jamás de los jamases me he emocionado con las celebraciones de fin de año. Para mí un arbolito y un ataúd significan lo mismo. No sólo porque abuela eligiera ese día tan, entre comillas, jubiloso, para guindar el piojo, sino sobre todo porque, por mucho que en mi casa intentaran, con un esfuerzo del carajo palante, evocar las nochebuenas a mí nunca me entraron en la cabeza y menos en el corazón. No las disfruté, las sufrí.

Resulta cómico, pero abuela se partió dándose sillón frente a la pantalla de la tele. Por el Canal Seis transmitían por cuarta o quinta vez el discurso semanal de Quien Tú Sabes. Discurso que ya conocemos de memoria, podemos recitarlo de cabo a rabo, el mismo cuento pregonador de logros y cifras infladas de superabundancia de utilería nacional que nos vienen contando desde que tenemos desuso de razón. Abuela, arteriosclerótica, comenzó a murmurar en letanía:

—Él no, él no, él no, él no, él no, él no, él no, él no, él no, él no. No él, no él, no él, no él, no él, no él, no él, no él, no él, no él, no él...

El negro-azul Noel pasó por delante de la puerta, cayéndose de flaco, alcoholizado, emporrao y hambreao, chupado debido a una cirrosis hepática que se lo estaba comiendo por una pata; al llegar a la ventana del pasillo oyó a abuela y creyó entender que lo solicitaban. Fue dando tumbos hasta su cuarto, hurgó en el antiguo baúl, se disfrazó de Santiclój, o de Papá Noel, da lo mismo. Con salticos amanerados fue acercándose a la ventana. Asomado a ella, los ojos desaforados y el prieto rostro brillándole de grasa y de sudor, se sacó el pene —para ser finos, hubiera podido escribir la yuca— y entonó con su morada y arrugada bembona un alegre y singular villancico:

Aquí 'tá Noel, aquí 'tá Noel,
todo en cuero él,
con su cabilla de maravilla
va cantando él.

Al verlo, abuela pensó que tenía delante al mismitico Changó, dios guerrero en cuerpo, alma, y hacha de carne. Apenas le dio tiempo de reaccionar, cosa de que se tratara de una aparición al menos debía rezar, arrodillarse, no supo si era un premio o un castigo por no haber cumplido una promesa al santo. Del susto le falló el corazón. El entierro se produjo el 25, no pudimos velarla muchas horas, pues, en esa zona del Cerro donde se halla la funeraria, nunca hay electricidad. No había luz, pero si hubiera habido tampoco existían los bombillos. El ataúd le quedaba corto, madera en falta. La tapa era color pino sin pulir y la parte de abajo color negro de piano pulido, para mí que era el Steinway del teatro Nacional. El cristalito que va a la altura del rostro pude obtenerlo a cambio de un ticket y de una barrita de chocolate. Es una ventanilla itinerante, de quita y pon, el mismo para todos los muertos; hasta hubo que poner un guardia para que ningún gracioso se atreviera a robarlo. No al muerto, es decir, a mi abuela, sino al cristal. Gracias al cual pude ver sin demasiada crudeza el rostro pálido de la difunta. Las coronas habían desaparecido también. Pues las flores antes venían de Bulgaria. Entonces, mi madre, haciendo de tripas corazón, confeccionó una corona con su viejo arbolito. ¡Oh, milagro! Gracias, bendita virgen la Milagrosa. Una vez colocado encima del ataúd, las guirnaldas revivieron, como si abuela, privada de las fiestas, dejara en herencia a los cubanos su derecho a la alegría navideña. Y las guirnaldas iluminaron todo el recinto, toda la calle, todo el cementerio, todo el país.

La Habana, 1990. París, 1996.

JUANA LUNERA CASCAHABANERA

Juana despertó con tremendas ganas de retratarse. Hacía mil años que no se hacía una foto bonita. Ni de carnet. Esa noche había soñado que en el parque Central un fotógrafo ambulante le tiraba una diapositiva de lo más mona, con una de esas cámaras antiquísimas dentro de las cuales hay que meterse casi de cuerpo entero para poder maniobrarlas.

No sabía el porqué, de súbito, le había entrado esa masinguilla por retratarse. La verdad era que hacía más de veinte años que no pisaba un estudio, pues desde la época en que hubo de renovar su carnet de identidad nunca más había necesitado fotos para documentos, ni documentos. De pronto, y por culpa de un sueño, quiso observar su cara impresa en cartón de brillo, o mate, en blanco y negro o a color, daba lo mismo. Le urgía verse como la veían los demás. Juana padecía de esos accesos, más de caprichos que de locura. Su madre la regañaba continuamente:

—Juanita, mi vida, ¿por qué te encaprichas con lo

imposible? ¿Por qué pides la luna en lugar del sol, mijita? Si aquí lo que sobra es sol.

Pero Juana es así, cariño, ¿qué le vamos a hacer? A ella se le tuvo que meter entre ceja y ceja soñar con retratos en el justo momento en que ningún fotógrafo habanero tenía papel, ni quimicales, ni tan siquiera rollos. Cámaras quedaban de milagro, por ese complejo de museo de la prehistoria que padecemos los cubanos. Oye, porque mira que esas cámaras de tres patas, las de los años treinta, son huesos duros de roer, ellas sí que han sobrevivido a todos los gobiernos. No me pregunten lo de las piezas de repuesto, ni de talleres, ni de los pequeñísimos detalles en apariencia sin ninguna relevancia pero que lo deciden todo. Aquí la cosa funciona por brujería, y lo demás es cuento chino.

Juana es una mujer de cincuenta años, ella se conserva muy requetebién, sin una arruguita, sin una pata de gallina, como una puerta, tú, mira, lisa como la Liz, la Taylor. Un auténtico prodigio, porque no es menos cierto que aquí en el trópico la gente no dura. Nos estropeamos y nos pudrimos en un santiamén, adversidades de la humedad y de la histeria, ejem, de la historia, mejor dicho. Ella es sumamente coqueta, y ya que había decidido salir a la calle a ripiarse hasta con *Terminator* con tal de conseguir que le hicieran una foto, pues decidió darse un baño de altura, porque, corazón mío, ¿qué significa eso de retratarse sucia? Ni hablar. Se restregó bien duro, con una piedra pómez, toda la piel de arriba abajo, y hasta que no se vio a punto de estar como albóndiga desollada, en carne viva, no paró. Una vez que su cuerpo, todavía semejante al de una gacela, estuvo seco, entalcado y perfumado con agua de violetas y vicaria blanca, enfundó sus piernas en unos pantalones campanas de láster de los años setenta. Eso bueno tiene vivir aquí, nada se bota, y menos la ropa, es reciclable, por necesidad siempre caes en la moda que toca. Mientras que en París las pasarelas están mostrando el *revival* de los setenta, aquí no hemos dejado de vestirnos con esos trapos, la moda de los ochenta llegará cuando le toque a ésta su respectivo *revival* en las pasarelas parisinas. Abotonó su camisa de encaje amarillo, ajustada con pinza de bastones, adornó su pecho con un largo collar hippy de cuentas de santajuana y con un medallón peruano, se enganchó las argollas en las cuales podían anidar bandadas de cotorras y los treinta y cinco anillos entre los dedos de las manos y de los pies. Debajo de la cama sacó las plataformas de corcho, algo gastadas por las tres décadas de traqueteo sobre el chapapote derretido debido al tórrido clima. Delante del espejo cagado de moscas peinó su pelo en un moño de antaño llamado cebolla, y que hoy vuelve a ser el último grito. Sacó las patillas tirabuzón y el buscanovios con el peine de pincho, repintó sus párpados con brillo dorado, la boca de discreto color naranja.

Juana volvió a estudiarse en el azogue hallándose majestuosa, divina, regia, y todos esos adjetivos dignos de pajaritas furibundas en noches de ballet clásico. *En resumen, colosal,* lista para un *zoom* atrevido, para el lente de una cámara arrebatada. Y claro, para la pupila insomne de un fotógrafo. Juana agarró la cartera comando de vinil con un gracioso nudo en el asa y se lanzó al calor enceguecedor de Centro Habana a fajar una instantánea, a matar si fuera necesario por un simple clic. Ya que ella era de la opinión de que lo único que no se podía contradecir en la vida eran los sueños. Y si ella había soñado con que la retrataban por algo sería. Y con esa tarea metida en la cabeza se había levantado y no iría a renunciar así como así. ¡Qué va, mi *amol*!

¡Qué casualidad, caballero, en la misma esquina de la casa, un tipo de hombre, un tipazo, extranjero clásico, apretando el obturador de una Minolta profesional! Y en el medio de la calle, como blanco del lente, posaban Reglita, Reinita y Pupy. Juana pensó que mira que esos niños tenían suerte, quedando unos minutos embriagada con la luz polvorienta de la calle, entre lo blanca y lo nácar, azulosa allá al fondo. Allí donde chismorroteaban unas mujeres rechonchonas. Pero aquí, cerquita de ella, estaba Reglita sonriendo con su bicicleta-carretilla, las pasas recogidas en dos motonetas tan similares al manubrio que apretaba con sus dos manos crispadas. Reinita desafiaba con la consabida pose de virulilla antes de tiempo, una bata a lo baja y chupa, a pesar de que aún no había nada que chupar, y la pierna de medio lado para que nadie se equivoque, señores, que cuando crezca esa chiquita será la candela. Pupy ha decidido salir serio en la foto, pero ya con una barriguita puntiaguda que no sabemos si es de parásitos o de aventajado cervecero. No menospreciar que por estos lares se empieza temprano en todo, quemamos vida; y miren cómo luce ese gesto heredado de machandango criado en la maldad, en el daño, predestinando una posible matrícula en la universidad de la calle. Detrás, haciendo gala de incógnita, la escenografía de paredes y puertas reales, testimonio de un tiempo pasado, imaginado, que de seguro fue mejor.

Hasta los charcos tienen buena cara hoy, piensa Juana, no apestan, no se divisan los gusarapos, ni los excrementos humanos diluidos en agua jabonosa. El fotógrafo acabó el ángulo e investigó otro motivo de inspiración. Juana se desplazó hacia él, parándosele enfrente, empinó nalgas y humedeció la bemba con la punta de la lengua enarcando una ceja a lo Bette Davis. Pero él no reparó en ella, o no quiso reparar. El hombre se perdió por el interior de la puerta de un palacete en ruinas.

La cincuentona se dio ánimos asegurándose que no importaba, que encontraría algún otro turista que desearía retratarla, todavía era temprano. Además la mejor luz de la ciudad, como afirmaba un fotógrafo de renombre universal, es la de las cinco de la tarde, junto al Malecón. Allí estamparía un mortal de otras tierras su hermosa figura, junto al plateado océano, refulgiendo intenso cual papel de aluminio. Y ella destacándose en el centro de la foto, cual sirena, semejante a una diva de otrora.

¡Qué cantidad de gente vagueando, caballero! Viven parados en los balcones, o sentados en los quicios, sabineando, como si el mundo se hubiera detenido y el tiempo fuera sólo esos minutos vacíos de contenido existencial, un remoto recuerdo. De uno de los balcones colgaba una tendedera derrumbándose de sábanas, la nitidez del día reflectaba sombras barrocas en las telas empercudidas. La intimidad expuesta a los cuatro vientos. Detrás de las rejas el secreto enmoheciendo los patios cundidos de helechos. Aunque en esta ciudad es díficil que duren los secretos, negó Juana meneando la cabeza, es que no puede haber secretos. Es cierto que nos botamos de promiscuos, pendencieros, exhibicionistas, alardosos. Eso también se nota en las fotos, analizó al reparar en que otro fotógrafo, italiano por la algarabía, había aparecido en lo que ella se entretenía con el paisaje archiconocido e inmortalizaba ahora ese espectáculo desbordante de grosería, y al mismo tiempo de ingenuidad. Captó a un mulatón, preferencia de los de afuera, con el pecho desnudo gesticulando con una gordita grumosa, apoyada ella en una baranda azul con motivos floridos en hierro.

Hoy debe de ser el día internacional de los fotógrafos, se dijo Juana, pero ninguno se interesaba por ella. Le entró gorrión, tan sexy y bonitilla que se había puesto y nada de nada, no había chance. Ningún compañero con cámara al cuello de los que por allí pululaban se fijaba en su estampa. Siguió de largo obviando al intruso cazador de paisajes banales y chabacanos, perdón, pintorescos. Quiso observar las calles de manera diferente a como lo había hecho hasta ese día, intentando poner distancia, queriendo extrañarse de ellas, como si las descubriera, cosa de enterarse de una vez y por todas qué era lo que le encontraban los extranjeros a este país. Sí, eran lindas, aunque estuvieran descojonaísimas, esas calles; eran la vida misma, con sus esquinas confluyendo en el más allá, y las paredes descascaradas cual monumento al holocausto. Huecos por doquier, de un golpe se asomó una mujer de pañuelo fino y rolos en la cabeza, las manos entre las piernas. Se sentó a esperar que pasara cualquiera con quien conversar, anunció, c-u-a-l-q-u-i-e-r-a, repitió, la mismísima madre de los tomates. Un fotógrafo tal vez que le insinuara «mira para acá, el pajarito, muñeca, sonríe, así, a lo cortico, perfecto». Clic. Por unos segundos fue bella, esa mujer tan sola en alma, sentada a la puerta de acero. Juana continuó chancleteando su deseo de ser raptada por un extraterrestre que le disparara a boca de jarro con una polaroide si se diera el caso.

Su barrio había quedado bien lejano, taconeaba ahora en predios ajenos, pero para nada desconocidos, ya que Juana tiene amigos en donde sea, y ya sabemos que el que tiene un amigo tiene un central. Las hijas de su amiga Lola la saludaron con las esquivas miradas de reojo, qué raras son esas muchachas, tan cariñosas entre ellas, tan enigmáticas, escurridizas, más bien ariscas con los demás. Las pobres no nacieron completas, una es muda, otra es sorda, la tercera que acariciaba con su mano el brazo de la muda es ciega, y la prietecita que abrazaba la puerta habla, oye, y ve por las tres, lo cual es una desgracia por exceso. Un dechado de defectos. Y este conjunto sí que daría una excelente foto, ironizó Juana recelosa.

¡Ay, qué sed le entró de súbito! Empujó la puerta de cristal de El Floridita, el bar-restaurante preferido de ese gozador de la vida que fue Hemingway. El portero intentó parapetarse entre ella y el mostrador. China, aquí no se te ha perdido nada. Al que no se le ha perdido nada es a ti, ricura; tengo juanikiki con que pagar. Y extrayendo de la copa del ajustador un billete verde de a veinte retó al orangután. Me quiero beber un daiquiri, ¿es delito, papito? No, mulata, si tienes con qué no hay lío. No soy mulata, cielo estrellado, soy trigueña, ¿eres miope? Que es lo mismo, pero se escribe distinto. Este portero es un fresco, ahorita le sueno un gaznatón que lo dejo parapléjico. Deja eso, que yo lo que necesito es retratarme y no buscarme problemas, pensó para sí.

El daiquiri era un escándalo de lo frío que se sentía, tan congelado que le dio la punzada del guajiro, ese latido en el centro de la cocorotina. Pegados al cristal de la puerta tres aseres husmeaban hacia el interior, roñosos por no poder entrar. El portero levantó la guardia, pero sin perder la sangre fría. Juana se engorrionó, se puso melancólica, y salió disparada hacia los portales del Centro Asturiano. En lo que entrecruzaba las columnas se fijó en el suelo: incrustada refulgía en dorado la firma de un tal Luis Mión, de seguro el arquitecto. Un ochentón sin piernas vendía estatuillas de san Lázaro a dólar. En un pestañazo el cielo se encapotó, se puso más negro que la semilla del mamey, relampagueó, tronó, cayó un aguacerazo de sopetón, tal parecía que se llevaría el parque Central en peso. Entripar su cuerpo con la lluvia le hizo bien, refrescó el esqueleto y el cerebro. El temporal arreció en cuestión de segundos. Al llegar a la acera del Capitolio ya había escampado, sin embargo arriba seguía de luto. Por la escalinata del Capitolio vio bajar a Macho Machete, antigua relación amorosa. ¡Qué flaco, Virgen del Cobre! Mira que antes había tenido músculos para regalar, por esa razón le llamaban Macho Machete, debido a que era un as del machete a la hora de tumbar caña, a lo suavecito, pegado a la raíz y pa la tonga. Había sido condecorado con la Orden Vanguardia Nacional, ¡y con una cantidad de medallas hasta para hacer dulces! Le tumbaban la solapa. Incluso él decidió confeccionar un mural con el bulto de chatarra heroica. Juana hizo como que no lo vio, sin embargo él sí la reconoció y hasta le chifló un *fuí, fuíio*, deseando expresar lo buenaza y mamota que la encontraba a pesar de sus cincuenta años. Juana se percató de un flashazo detrás de ella: un señor estaba fotografiando a su ex compromiso. ¡Santísimo venerado, con lo refeo que lucía! La vida es así, hay gente con aché. Con lo atractiva que soy yo y nadie se pone para mi cartón, me falta duende. ¿Es que nadie me encuentra fotogénica?

—Corazón de melocotón, estás como para devorarte a tajadas. ¡Qué barbaridad, hasta se me aclaró la vista! Esta mujer es una operación de cataratas —piropeó un viejo al que no le cabían en los poros más costras de mierda.

—Abuelo, estás tan cegato que no sé si tomarlo como halago o como ofensa.

—Hueles a buena hembra —señaló rascándose el labio caído hacia el mentón.

—No jodas, fósil, huelo a talco malo, el Brisa que se vendía por una casilla de la libreta. ¿Ni del talco Brisa te acuerdas? Caramba, eres más viejo que la momia de Tutankamen, no te bañas desde antes de nacer.

El viejo quedó mascullando, mezclando insultos

con frases tiernas. Juana deseó evaporarse, viajar bien lejos, internarse en la manigua, como hacía de pequeña cuando en la casa sus hermanos la fastidiaban, y ella cogía unas rabietas de altura, las cuales descargaba contra la maleza, contra el enredillo de árboles salvajes, contra los conos solares, contra el chillido de los pájaros raros, contra la sinfonía de olores, a yerba, a guayaba, a tierra removida, a madera, a sudor de yegua. El recuerdo de esos olores la condujo hasta la parada de la Ruta 58, con destino a Cojímar. No era precisamente el campo, pero se le parecía. Esperó la guagua durante tres horas y media; en ese tiempo recordó una enormidad de cosas, imaginó a su madre en el portal de la casa de Pinar del Río, apoyada en un tronco que hacía las veces de puntal, fumando un tabaco. Situada de espaldas a ella no se percató de su presencia, el pelo cayéndole encima de la cintura. Parecía que miraba a lo lejos, quién sabe si a las palmas, o al humo del tabaco. Vestía una blusa anudada detrás, una especie de pañuelo, la saya amplia escondiéndole apenas la flaquencia de sus caderas, el sobaco formando un arco y el brazo desnudo de la mujer conformaba el centro de la visión, siempre en el fondo de la imaginación de Juana. ¡Si hubiera tenido una cámara en aquel momento!, pensó ella. Al menos logró fotografiarla con la memoria, así halló consuelo.

En Cojímar se tropezó con una manada de salvajes turistas, todos enloquecidos con sus cámaras apuntando a los pescadores. De otra parte acampaban motociclistas con pañuelos a las cabezas, camisetas exhibiendo insignias americanas. Luego jóvenes peregrinos enarbolaban banderas o sábanas, por gusto, por provocar. Al rato hizo aparición otro grupo de folklóricos, de preferencia santeros y católicos. Se odió por no tener la más mínima pinta de folklórica, se autodespreció por ser tan común, tan inadvertida, tan asquerosa y vulgarmente anodina. Le entraron ganas de convertirse en anacrónica.

Apartándose de toda esa caterva de imprevisto, persiguió de cerca la pista de un bienaventurado portando una Nikon, quien había conseguido colarse en una beca. Los estudiantes terminaban el turno de deportes. Delante del fotógrafo avanzaba un muchacho descamisado, muy requetebueno él. Tenía flojo el elástico de la cintura del pantalón y dejaba ver la raja de las nalgas al rojo vivo, tostadas por el cacique imperante, el sol. El muchacho caminaba con desgana, mirando la punta de sus pies descalzos; se veía cansadísimo. El fotógrafo disparó el clic cuando el joven pasó junto a un letrero donde se podía leer un nombre: José. Esa sutileza agradó a la mujer. Este tipo, venga de donde venga, sabe lo que hace, conoce su profesión, vaya, tiene estilo, comentó para sí. Debiera ser él quien me retrate. El hombre se dirigió al fondo del pasillo, en donde un barullero de becados formaba cola para las duchas. Desilusionada, huyó al exterior, el indio requemaba la acera de la izquierda. Todo el placer del universo se hallaba en la acera de la sombra. Los transeúntes se volteaban hacia Juana escudriñándola, ¿qué haría esa mujer encabezando una manifestación de jadeantes saltimbanquis con cámaras colgadas a los cuellos? ¿Que qué hacía ella? Pues nada más y nada menos que rindiendo, perreando una foto, rebajándose hasta más no poder para ver si por fin alguien se compadecía y la encuadraba. Perdedera de tiempo. Regresó a La Habana Vieja. Dijo, me largo a la Tropical a restregarme con un negro, ahí sí que de seguro un ser humano se decide a inmortalizar mi descomunal belleza.

En la Tropical el panorama no había variado, la gente, como es habitual, se hallaba alborotada, en tremendo cumbancheo con Los Van Van y la canción *¡Ay, Dios, ampárame!* Aquí ya no se puede dilucidar si somos alegres o porfiados. Juana estudió en derredor y no se tropezó con ningún fotógrafo ni cosa que se le pareciera. A punto del puchero haló una silla de tijera y se acomodó junto a otras sillas abandonadas. Los bailadores marcaban un casino desenfrenado al compás del infinito *¡Ay, Dios, ampárame!* Entretenida en elegir a la mejor pareja, intuyó que dentro de un rato debería volver a casa y aún no había conseguido ser retratada. Dos lagrimones surcaron sus mejillas cubiertas con una capa de salitre cojimero. Como era de suponer, un negrón teñido de rubio y erizado se aproximó para sacarla a bailar. Ella negó con la cabeza, deseando aceptar con el cuerpo, luego habló entre sollozos:

—Perdóname, pipo, pero la cintura no me responde hoy.

Escapó acomplejada y adolorida, corriendo en dirección del destino fatal.

Muy cerca de la costa, el frescor marino la devolvió a la rasa realidad: el sol iba retirándose hacia el canto del beril. La escenografía se coloreó de un rojo espesor. ¡Por fin divisó el último fotógrafo del día! Enfocaba a una pareja, ella besuqueaba al hombre. Él llevaba unas gafas ridiculísimas, cheísimas, con dos calcomanías de un dólar estampadas en cada vidrio. El tipo se carcajeaba a mandíbula batiente. Juana vislumbró sus dientes postizos de oro. Se dirigió hacia ellos con un impulso nada común; al llegar espetó al fotógrafo:

—Óyeme, este niño, ¿qué tienen éstos que no tenga yo, a ver? Hazme una foto, chico, es que me muero por una instantánea, anda, pedazo precioso de vida.

El joven sonrió obediente, semejante a un niño ante su desaforada madre, enloquecida, muy respetada pero atacante a la vez.

—¿Y por qué usted no me tira una a mí, señora? Llevo el día en esto, y como he venido solo, y es mi primera jornada; además no he hallado a nadie que me inspire confianza como para dejarle la cámara...

—Dame acá, ponte pallá. Sí, sí, así agachado en los

arrecifes, haciendo como si recogieras caracoles. Bien turístico. ¿Y ahora dónde aprieto, qué botón? Te advierto que en la vida he tocado un aparato de éstos.

El accidente sucedió muy rápido. Juana decidida tomó la cámara en sus manos, dio órdenes al joven para que posara, él a su vez también dio instrucciones para que ella aprendiera a manipular la cámara. Según él debía ser muy fácil, un truco de bobos. Eso es. ¡Clic! Ya estaba. Un raro sonido, en apariencia interminable, salió del interior de la Minolta, una especie de letanía metálica, como algo que se desenrolla o a la inversa. Asustada devolvió el aparato.

—No es nada, está rebobinando, se acabó el rollo. —Él buscó en los bolsillos, en lo hondo de la mochila—. ¡Joder, es el último! Tengo más, pero en el hotel.

¡Cataplún! Juana se desplomó encima de las rocas con todo el peso de su desilusión, herida de decepción. Burlada, achicharrada por el sol, los pies llagados, muerta de debilidad, pues no había probado bocado. Por la comisura del labio pegado al suelo comenzó a fluir una baba espumosa. Su cabeza había dado contra un pico afilado, en el mismísimo sentido, ahí donde se muere, en la sien que presiente la vida. Sus ojos quedaron fijos en el lente.

Eso tienen los sueños habaneros, hay que hacerles caso, pero no obsesionarse con ellos. Son unos benditos, o unos malditos oráculos.

ARRIBA DE LA BOLA

Juré que esa noche bailaría hasta que me muriera, juré olvidar, no estar triste. Es el habitual juramento de navidad. Hice esas vanas promesas mientras cepillaba mis dientes, refrescaba mi rostro con agua helada y más tarde depilaba mis cejas. No estaré triste, no estaré triste, bailaré con el primero que se ponga por delante, sin parar. En el estudio de al lado del mío, el francés tan parecido a Sherlock Holmes, el que cada mañana sale con su gabán gris y la pipa torcida, por lo gastada y requemada; seguro trataba de emparejar sus patillas. Inevitablemente junto a la oreja izquierda siempre le chorrea sangre y falta mayor cantidad de pelo que de la derecha. No sé por qué no lograba borrar de mi mente las patillas del vecino, el doble de Holmes, o como se llame. O sí sé por qué: ansiaba olvidar, necesitaba bailar y que me dejaran en paz, que nadie me hablara de nada ni de nadie conocido. Deseaba emborracharme de baile y después caer redonda. Anhelaba dormir meses, despertar un buen día con la tranquilidad de espíritu suficiente para poder enfrentar de nuevo otro año, otras pascuas, volver a bailar para dormir con la sensación de que jamás los días regresarían a su normalidad. Aunque tampoco me satisfacen los días comunes. Para mí, un día distinto es ese del que nadie se da cuenta que es diferente. Es un día mío, entero dedicado a mí. No regalado a los demás.

Decidí telefonear a Pachy, él es el tipo ideal para olvidar, él mismo es el olvido parado en dos patas. Nunca recuerda un nombre, ni un rostro, ni una profesión, ni siquiera su cumpleaños, ni su propio teléfono, y cuando consigue recordar de que llamando al doce, a informaciones, pueden confirmarle el número, entonces de paso pide la dirección, pues él sabe cómo llegar a su casa, pero no le pregunten por las coordenadas, ni siquiera por la calle, que además, para colmo, tiene un nombre enredadísimo, *rue Beautreillis*, ni tiene idea de la parada de metro, ¿para qué se va a preocupar por esas nimiedades, si él prefiere ir a pie a todas partes? Llamé por teléfono a Pachy, aunque vive atravesando el patio, en este mismo edificio en el que yo alquilo, un hotel particular del siglo diecisiete, pero lo llamé no fuera a ser que no abriera la puerta, pues a veces al observar a través de la mirilla no se ha acordado de quién soy, y hasta me ha confundido con una enviada de los Testigos de Jehová o del *Reader's Digest* para lo del Sesenta y Dos Gran Tiraje de la Loto.

Pachy perdió la memoria jugando parchís, por eso se autorrebautizó el Pachy, de esta forma nunca olvida su nombre. Él es de los que van por ahí haciendo mentalmente jugadas de parchís, y puedes anunciarle que ha ganado la lotería que él sigue en su historia de que si salió un doble seis y que podrá comerse la ficha amarilla. Un desperdicio de inteligencia.

Resultado, Pachy descolgó el teléfono y contestó luego de interrogar alrededor de un minuto a su propia voz en el contestador automático, al rato aseguró que sí, claro que me recordaba; yo estaba convencida de que no, aunque la noche antes habíamos bajado tres botellas de vino tinto viendo una película de Alan Parker. En resumen, que pregunté, como siempre idiota yo, si esa noche sabía de alguna fiesta, y volvió a disentir, disgustado casi, que por qué razón tendría él que tener un güiro, que él se acordara no había motivo alguno de celebración. Comenté que esa noche era nochebuena. Y hube de explicar mi idea de la nochebuena, creo que fui demasiado negativa, pues se echó a llorar. Entonces aceptó, añadiendo que no importaba quién era yo, que de todas maneras se trataba de un ser humano, y que me notaba tan a punto del suicidio que mejor organizábamos un guateque en su casa. En tu casa, no, refusé, pues no deseaba correr el riesgo de que él olvidara la cita. Entonces fue cuando ocurrió el milagro: en su mente finalizó triunfalmente el partido de parchís; eso garantizaba por lo menos dos o tres días de memoria intacta, fresca, vacía. Jubiloso exclamó que acababa de ganarle a las amarillas, y en seguida se puso a parlotear, de lo más curado de la amnesia, y hasta se percató de que alguien había comprado un arbolito de navidad, cosa de la cual ya me había enterado porque había estado sentada toda la madrugada junto a las guirnaldas intermitentes. Colgamos los auriculares para no malgastar tiempo y poder invitar a todos los solitarios de París, de preferencia franceses, con lo cual arriesgábamos el peligro de que media ciudad se nos colara en la fiesta. Por si acaso me vestí con lo primero que hallé, un pulóver gris inmenso de lana, y atravesé el patio para visitar a Pachy.

Desde que entré en la casa comencé a pegar papelitos adhesivos rosados, algo que había aprendido de su pesadísima novia, en recordatorios de la cena, no fuera a ser que otra vez se le metiera en el disco duro el tablero de parchís y se nos aguara el proyecto. Él se encargaría de comprar la bebida y yo de la comida, incluso de cocinarla. Con la música no había problemas, poseíamos una colección de discos envidiable. De postre brindaríamos casquitos de guayaba, aunque sin queso, no olvidar que estamos en Francia, donde es un delito de lesa franchutada mezclar el queso con el dulce. No saben lo que se pierden. Hicimos las llamadas pertinentes y, por supuesto, tuvimos que poner coto a la bandada de parisinos que aceptaba venir a festejar fingiendo desgano, ¡tan hipócritas que son!

Salí de la escalera A y crucé el patio en dirección al ala D, es decir, a la escalera de mi estudio. El Pachy vive en un ciento veinte metros cuadrados, por eso podíamos utilizar su espacio. En el trayecto me tropecé con Sherlock, la patilla izquierda ya no existía, encima había colocado una curita, la patilla derecha estaba llena de claros debido a los desafortunados recortes, pero aún se podía afirmar que era una patilla. Ni siquiera respondió a mi saludo nasal, por el contrario sopló su vieja pipa contagiando mi pelo del tufo a picadura ensalivada. Antes de armarme del abrigo para partir a hacer las compras, me tomé la temperatura; tengo esa manía, siempre que salgo al frío necesito conocer cuántos grados alteran mi cuerpo, así compruebo mi fortaleza o fragilidad ante las agresiones físicas externas. Una vez en la calle gané Saint-Antoine, en dirección a François Miron, en donde se halla un mercado llamado Israel, el cual vende frijoles negros brasileños, arroz basmati del auténtico, plátanos machos, malanga, yuca, guayaba y mango en todas sus variantes, ron, además de todo lo humano y lo divino proveniente del Caribe, y de todos los lugares del mundo que los franceses suponen exóticos. No vayan a ir muy lejos: España ya es exótica para ellos, ¡con esos toros y esas batas de lunares!

En el camino evoqué mi última nochebuena en Aquella Isla y se me erizaron los pelos, y hasta los de mi abuela en su tumba. Esa vez también nos habíamos propuesto bailar para olvidar. Siempre habrá algo siniestro que olvidar, con lo mal que me cae imponerme olvidar. Lo contrario de Pachy. Pero en días como ésos no queda otro remedio. Recordé que inventamos celebrar cualquier bobería, recolectamos algún dinero, y así pudimos resolver lo necesario y cenar de manera digna. Lo demás, alegría, la pondrían los cuerpos. Había una razón muy especial para olvidar. A Roxana se le había ido el marido, quedándose sola con los niños. Nada nuevo. No, no la había abandonado por otra mujer, se había largado del país. Al igual que Jorge, otro amigo, el cabecilla del grupo, el que siempre estaba levantándonos la moral. Ninguno de nosotros podíamos concebir un fin de año sin ellos. Esas ausencias nos destrozaban el alma y decidimos dar una respuesta por encima del nivel, contraatacar, sobrepasarnos y animarnos engañándonos con que podríamos sobrevivir. En verdad, no comimos tanto, pero jodimos cantidad. Bailamos y brincamos hasta exprimirnos litros de sudor. Ya que, claro, como de costumbre hacía calor. Los hijos de Roxana, los de Loly y los de Laura retozaron hasta que cayeron rendidos en los sofás y en los sillones.

Ya se sabe que en Aquella Isla no hay que invitar a nadie, la gente se invita sola, y de buenas a primeras teníamos a varios barrios colados en el fetecún. ¡Ah, la importancia de un barrio! ¡Ah, la categoría de pertenecer a un barrio! Además se fueron sumando extranjeros, entre ellos un catalán que gozó hasta que se destripó, se llamaba Jordi, y afirmó ser el director de un grupo de teatro muy famoso. Hizo tantas fotos que, una de dos, o la Kodak le ofreció un crédito de por vida a la hora de revelar los rollos, o se los quitaron en el aeropuerto a la hora de marcharse, por sospechoso. También acudieron algunos diplomáticos, hasta bailaron con esos brinquitos de cabras estratégicas tan personal de este tipo de autoridad, y llegaron periodistas de varias agencias a la captura de aventuras amorosas más que de información sobre el estado de ánimo de la población, pues el estado de ánimo de los habitantes de Aquella Isla, para nadie es un secreto de estado, ya que nunca ha dejado de ser el mismo, el de la máxima recholata. La canción de la época acribillaba los tímpanos con aquel estribillo: *No pare, sigue, sigue; no pare, sigue, sigue...* Y no paramos hasta el amanecer del primero de enero, es decir, estuvimos recholateando nueve días con sus noches. Y toda esa majomía para conseguir aturdirnos, para llegar a olvidar.

El 31 de diciembre hicimos el rito de la maleta, el cual consiste en que un grupo numeroso de personas se aferra a una maleta vacía, y a la señal de partida se debe dar la vuelta a la manzana lo más rápido posible, recorrer las cuatro esquinas reguindados de la maleta y regresar al punto de partida. Se deberá ir bailando una semiconga al compás de una cancioncita que ya olvidé. Lógico que en el camino se vaya perdiendo gente, el juego es intentar que quede uno solo con la valija, el que lo logre será el destinado a viajar en el año siguiente. En aquella ocasión me la gané yo. No niego que me costó un esfuerzo enorme, a codazos y empujones limpios. Y mírenme aquí, paseándome por una calle del Marais, en busca de frijoles negros, bajo un invierno a lo película de Truffaut. Este año, en Aquella Isla brindarán por el deseo de olvidar mi ausencia, a otro le tocará la maleta. Y así. Tan así.

Pasé todo el bendito día cocinando recetas, más retenidas en la memoria que en el paladar, por fin con todos los ingredientes a mano; era una verdadera delicia descubrir los sabores, los olores, los colores de tantas lecturas antiguas de viejos libros de platos perdidos en la ignominia. Pude divisar a través del cristal de la ventana al Pachy, en su cocina, preparando mojitos, daiquiris, ron collins, y un sinfín de bebidas y exquisiteces de picar. Cuando el banquete estuvo listo, bajé en varios viajes las cazuelas hirvientes. Dejé los plátanos para freírlos cinco minutos antes de la hora de comer. El Pachy se encontraba a un milímetro de la depresión, pues se había puesto sentimental escuchando las canciones de las escuelas al campo, todo Silvio, todo Pablo, todo Serrat, y todo Nino Bravo. ¡Coño, cambia eso, tú! Le dije. Pon la casete que nos mandaron de Aquella Isla, el *hit parade.* No me acuerdo dónde la puse, fue la respuesta, para variar. Regresé a mi cuarto. Los invitados estaban a punto de llegar.

Me duché en dos ladrillos; a nadie habrá que aclararle cómo son de minúsculos los espacios en París, una se baña como si bailara un danzón. Vestí mi mejor ropita, imitación terciopelo, mucho tul y adornos dorados, parecida a Campanilla, la de Peter Pan. Total, para entripar los trapos, pensé. Intuí que sudaría cubos con el bailoteo.

A las nueve ya habían llegado los invitados; en seguida se pegaron como babosas a las jarras de mojitos, daiquiris, ron collins, cuba-jajajá (es el nuevo nombre del cuba libre; la risa del final se debe pronunciar de manera irónica), ponche, y todo lo que pareciera bebida, comestible, o cosa posible de llevarse al estómago. El champán, como de costumbre, lo habíamos destinado al brindis de clausura, ya que la tradición es la tradición. Y por supuesto, un gran número de curiosos acudieron con sus champanes favoritos, hasta con sus *confit de canard*, muy *chic* con etiqueta de fabricación artesanal, pero a mí nadie me jode, en latas de conserva. Por el aquello de que los frijoles negros será muy extravagante, pero aquí en nochebuena se acostumbra a cenar esa cosa truculenta en lata que lleva un nombre tan parecido a confeti de canario, y que en realidad es muslo de pato. Cuidao no los hayan sacado del Sena, con lo asquerosos que son los patos de ese río tan romántico. Tanto el Pachy como yo nos desvivíamos por ser atentos, generosos, simpáticos. Y los franceses lo encontraban tan natural, ya que se supone que los autóctonos del trópico debemos comportarnos así, como si anduviéramos de fiesta desde que nos cortan la tripa del ombligo hasta que nos visten con el traje de palo. Yo no veía el divino minuto en que toda aquella sacralización de los alimentos culminara para poder despelotarme bailando. Aquí se dedica mucho tiempo a la comedera y degustación de lo primero que venga, así sea una cagarruta de los Alpes. Lo único que yo anhelaba era bailar para olvidar. Coño, dense cuenta, hacía un año y medio que no bailaba, y que no olvidaba. Sola frente al espejo sí, pero eso de ripiarse con otro del sexo opuesto, nada de nada. Y Pachy sin acordarse dónde carajo había guardado la casete que nos enviaron de Aquella Isla, en sonido directo del Palacio de la Salsa.

En eso llegó un amigo de Pachy, que no es cualquier amigo, es el pintor más grande del Marais y del mundo, Barceló, y luego de descargar más comida, especialidad de su isla, nos pusimos a hablar de Mallorca y de otro amigo común. Le pregunté si sabía bailar y me respondió que a veces, pero que tenía que marcharse porque lo esperaba su familia y otros amigos, y después de conversar bastante sobre libros comprobé que había leído cantidad de escritores de mi isla, entonces ahí quiso marcharse. Hablar con Barceló me hizo un bien enorme, pero no permitió que yo olvidara lo lejos que me encontraba de todo cuanto amo; al contrario, recordé aún más. Mucho más. Antes de que el pintor partiera, lo agarré por una mano, espérate, no te vayas, rogué en posición de oración piadosa sobre los tules engrifados de mi falda, que por favor, tú, quien al parecer eres el único que posee memoria y seriedad en todo este molote de gente, ayúdame a encontrar una casete de música bailable. Nos metimos por debajo de las sillas, de la cama, de los muebles. Al fin exclamó, ¡aquí en la oscuridad, junto al Elegguá! había una casete que brillaba distinto, debía de ser ésa. Me la entregó como si me diera el mayor trofeo de mi vida, no el Nobel, sino un tostón frito relleno con camarones como los que hacen en Miami. Al instante desapareció por la puerta hacia el tenue resplandor de los faroles de la calle del bello uniforme militar, *beau treillis*, al lugar donde lo esperaban su familia y sus amigos, aunque yo sabía que su cita era con los pinceles.

Como una arrebatadita busqué la grabadora, pero, Pachy, al borde del abismo o del coma alcohólico, y ya empatado con una francesa de ñiquiñiqui, o de miriñaque, recordó, ¡menos mal que recordaba algo!, que la grabadora estaba rota, más rota que la muñeca negra del cuento infantil. Pregunté en alta voz si alguien sabía reparar el artefacto, y se hizo un silencio sepulcral. Adiviné, por las miradas de estupefacción, que nadie conocía nada en absoluto de reparación de grabadoras, ni de ninguna otra cosa. Aquí no se repara nada, aquí se bota y se compra otra y ya está.

En ese segundo de mi más honda desolación sonó

el timbre y la novia francesa de Pachy, muy fina ella, fue a abrir como si patinara sobre hielo. Entró un joven que se presentó, soy cubano y reparador de grabadoras. Y todos soltaron un *¡Aaaaah!*, hasta yo, sobre todo yo. Pero después supe que el asombro tenía más que ver con el hecho de que llegara un cubano, y no con que además fuera mecánico de equipos de música. Y me pregunté ¿de dónde habrán pensado estos zarrapastrosos, peste a grajos, que hemos salido Pachy y yo? Ya veía que no sólo el desmemoriado era él. Resulta que ese muchacho era cubano cubano, tan cubano que sabía reparar grabadoras y todo lo que se le rompiera por delante.

Al punto la grabadora estuvo arreglada, y mi alegría con ella. Investigué entre los presentes quién de ellos sabía echar un pasillazo, bailar, digo. A mala hora, ninguno respondió que no, más bien se pusieron a explicar al unísono que habían asistido a cursos de chachachá en diversas zonas del planeta. Y de súbito el chachachá me sonó a secta, o a psicoanálisis, o a club de gym, o a consulta de vidente africano de los metros. Nada, que les seguí la rima sin hacerles mucho caso, e invité a bailar al Pachy, pero, tonta de mí, ¿cómo podía olvidar que él había podido haber olvidado cómo se baila? Si tú empiezas yo voy detrás, y de seguro me vendrán los meneos a la mente, lo otro sale solo, alentó. Embullada, coloqué la casete justo en el momento en que un murmullo especial sentenció que darían las doce. Aquel zumbido de abejas parecía indicar que debíamos intercambiar regalos, besuquearnos cuatro veces en las mejillas, brindar por el nacimiento, una vez más, del Niño Jesús, por la aparición del Espíritu Santo que no era tan santo ya que preñó, aunque si bien por obra y gracia (nunca he sabido el verdadero sentido de esa frase) a la Virgen María, y por los Reyes Magos y de la comitiva de santos, con la estrella de Belén y cuanto cuento podrán imaginar.

Terminada la ceremonia de los regalos por fin fui a poner el villancico del desparpajo. La canción se titulaba *La bola,* y era lo que más sonaba en Aquella Isla. Médico de la salsa se hacía llamar el autor. Informé estos datos a la concurrencia de forma rigurosa, digo cartesiana. Entonces se deshicieron en elogios a los progresos de la medicina en Aquella Isla, miren qué cosa hasta existían médicos graduados en salsa. ¿Salsa de qué? Preguntó uno. De tomate, respondió el Pachy, a una neurona de su estado normal, el olvido. Y ni malanga entendió ni jota, ni jacomino, pero se sintieron igualmente solidarios, que es el sentimiento más usado en este territorio en fechas tales como el 14 de julio, el 24 y el 31 de diciembre.

La música arremetió dentro de nuestros tímpanos con la letanía histérica de: *Hay que estar arriba de la bola, arriba de la bola, arriba de la bola, porque hay que estar arriba de la bola, arriba de la bola, arriba de la bola...* Quise descoyuntarme, ponerme pal daño, pa la maldad y olvidar, destornillarme en mi bailoteo, de hecho comencé a rebatuquearme, sola, sutil, menos tímida más bien. Los visitantes observaban como si estuvieran acomodados en palcos de la Ópera de París y yo fuera Maya Plisetskaia. Algunos de ellos, desenvueltos, para su opinión desvergonzados, iniciaron unos rígidos pasos de un, dos, tres, chachachá, balbuceando el ritmo, triunfantes como niños que acaban de pronunciar la primera sílaba de una larga palabra. Los que entendían el castellano se interesaron por esa metáfora tan sugestiva de *hay que estarrrr arrriba de la bola*, y la frase que tan sólo dura medio segundo en nuestras bocas cubanas, en las de ellos permaneció una eternidad. Quise aclarar que la bola era algo inexplicable, sin sentido común, únicamente traducible al compás del baile, una metáfora más del sensualismo. Que la bola era todo y nada a la vez. Y que más bien era nada. ¡Ah, la nada, el vacío!, murmuraron. Otro señaló que tal vez los músicos estaban queriendo referirse a la bola del mundo. Acepté haciéndome la metódica y metodológica, a punto de convertirme en una Lévy-Strauss de la conga. Ahí fue que sorprendí al reparador de grabadoras gozándome como nadie, tan sato él, con aquella mirada salía del plato y cabronzona, hasta se burlaba con ojos brillantes, risueños e irónicos, de mi insistencia por introducir la bola en los medios navideños intelectuales galos. ¡Las bolas del arbolito!, creyó interpretar la francesa que había enganchado al

Pachy, recibiendo así una turba de aplausos. ¡Las bolas de mis cojones!, gritó Pachy en un alarido. Luego se fue desvaneciendo; tirado en el suelo, medio vomitando, repetía: «No sabes cómo me acuerdo de todo, no sabes, me cago en ti y en tu música de mierda que hace recordar, que me ha devuelto la memoria, por eso tiré la casete debajo del mueble, para no verlo ni oírlo nunca más, y vienes tú y la encuentras. ¡No jodas!...»

No supe qué satanidad responder y encogiéndome de hombros canté a toda mecha *porque hay que estar arriba de la bola, arriba de la bola, arriba de la bola...* El reparador de grabadoras se me acercó y se puso arriba de la bola a estrujarse conmigo. Fue escudriñado y envidiado como Nureyev en sus buenos tiempos. Pachy decidió incorporarse y unirse a nosotros; lo siguió la francesa, que tal parecía que patinaba sobre diarrea de dálmatas; luego, poco a poco se pegaron los demás. En una hora estaba todo el Marais, el charco, revolcándose encima de la bola. Barceló retornó con sus pinceles, Jean-François de Charlemagne, Alice, Josie, Bertrand y Katia, Hanna Schygulla, Alicia Bustamante y *mon cocó*, Michel Piccoli, los vendedores de periódicos de la esquina de Beautreillis con Saint-Antoine, las vendedoras de comida de El Cochino de Palo, la china antipática del Monoprix, Monsieur et Madame Lapin, el doble de Sherlock Holmes, Nancy Huston, tan inteligente y bella y escritoraza, los libreros de Epigràme, Mathilde May y su marido, que también es actor,

Roberto García York y Janine, quienes venían directo del carnaval de Venecia con sus trajes de ladrones de botones, Marcela, Guillaume, Daniel y Philippe, William, Pierre, Javier, Belkis, Guy (no de Maupassant, sino Ruiz de Zárate), Guido Llinás, Alzira, Liliane y una traductora china, Bertrand Py, Françoise, Jean-Paul, Hubert, Marie-Christine, y los niños, Nathalie, Evelyne, Pascal, Jean, Christine, Valérie, Zelnik y familia, los Triana recién llegados de Londres, del Royal Shakespeare Company e invitándonos a comprar estantes en IKEA, los Camachos venidos de Doñana, las libreras de Tropiques en el catorce, Phillippe, Svetlana y Roman, Phillippe, Claire y Théophile, Monsieur y Madame Càlies, Zoraya, Isis embarazada hasta las cejas, Thomas y el pequeño Théo, la abuela del segundo piso de la escalera C, Anoushka, Nora, Christopher y Yemay, la panadera de la calle de la Cérisaie, Alexandre, Sophie y Nayma, Joel y Christila, Manolo Granados, Anne, Fernando y Alma, Mordzinsky, Vivy y Jonaz, Claudia, José y Julián, Humberto y Gipsy, Alexandra y Jean-Daniel con sus papás, Camille, Arnaud y María Elena, la maquillista de LCI con su marido, Christine, Manou y Constance del Centro de Recreación, los chinitos del *Traitteur*, en fin, la flor y la nata, un amplio abanico de artistas, escritores, judíos, *gays*, el alcalde; el adjunto se excusó diciendo que no podía hacer acto de presencia, pues debía asistir a la misa del Papa-Quien Tú Sabes; incluso los policías habían abandonado la prefectura para desprestigiarse arriba de la mismísima bola. Y cuando el barrio entero y sus conexos se hallaban desaguacatándose arriba de la esfera, encarranchados a horcajadas interplanetarias fue que pude darme cuenta del resto de la canción, que dice: *Tú te fuiste, y si te fuiste perdiste. Yo no, yo me quedé, y ahora soy el rey, si te gusta bien, y si no también...*

No me dio gorrión la letra, ya que los amigos que habían quedado prisioneros en la isla, en aras de no herirnos a Pachy y a mí nos habían aclarado por carta que aquellas palabras nada querían decir, no tenían nada que ver con nosotros, los exiliados, con los dos millones de aquellos-lugareños que andamos sin ninguna orientación por ahí, como en el bolero de Tejedor; simplemente era la respuesta a otra orquesta de salsa, la cual viajaba mucho. La canción formaba parte de una polémica entablada desde hacía meses entre diversos grupos musicales. Borré la anécdota, porque yo lo que quería era olvidar. Mientras me despetroncaba bailando, imaginé la recholata en que estarían sumergidos los amigos en Aquel País, con el objetivo, ellos a su vez, de olvidar nuestra ausencia. De seguro jugarían a la maleta, y alguno lucharía a brazo partido, como luché yo, para quedarse con ella hasta el final. Tal vez nos veríamos pronto, pensé, en algún rincón de este mundo, *arriba de la bola, arriba de la bola...*

París, diciembre de 1996.

ROSAS EN EL «MAL»

—

La libertad, la libertad, derecho de la humanidad,
es más fácil encontrar rosas en el mar.

Canción de LUIS EDUARDO AUTE
interpretada por Massiel.

A nadie se le ocurriría sembrar en el desierto. Porque para nadie es un secreto que el desierto es terreno yermo; en sus dunas sólo podríamos granear espejismos. No se trata de que yo habite en el Sahara, no hay que exagerar. Más bien vivo en un sitio húmedo, en el trópico, en un cayo, para mayor precisión. Pero resulta que ese cayo, o islote, o desgracia, como quieran llamarle, está cubierto de arena de una orilla a la otra, lo cual quiere decir de una punta a la otra de su desgraciada existencia. Una arena blanquísima y resabiosa que en verano se asemeja a cal espolvoreada y en invierno a toneladas de sal dispersas, barridas, sopladas sobre las olas.

Este lugar todavía se halla algo apartado del mundo, pues está en perspectiva, quiero decir en estudio, que sea convertido en paraíso turístico, pero por el momento sólo son sueños de ingenieros y arquitectos, y por supuesto de los funcionarios del turismo, que son los que más sueñan y que viven bien lejos del cayo.

Pocos somos los habitantes del islote, al menos que yo conozca, aunque he explorado por todas partes y he corroborado que en verdad no contamos más de ocho personas adultas y dos niños. Niñas, que quede claro. Aunque vivimos alejados de los continentes, las condiciones no son tan salvajes como podrían suponer por lo descrito hasta este momento; cada quien posee un teléfono, un fax, y hasta Internet (objetos de antes de la última y tercera guerra), pero no nos servimos de ninguno de ellos. Ya nos aburrimos de tanto informarnos e informarnos, que no es lo mismo que saber y saber. Lo único que aquí no llega son libros. Esto se debe a que por problemas difíciles de explicar (una guerra, como señalé antes) y que no vienen ahora al caso, nuestra apacible sociedad saltó a la era informática obviando algunos escaños anteriores. Por ejemplo, aquí la gente olvidó la existencia del papel e imprime sus mensajes en hojas de unos árboles llamados cocoteros que constituyen la única vida vegetal. La otras dos formas de vida son la humana: nosotros, y la animal: acuática y aérea, los peces y los pájaros; ellos resultan nuestra nutritiva forma de alimentación.

Nunca nadie se quejó de que era pobre o rico hasta el día que a mí se me ocurrió sembrar rosas. Yo misma no sabía que eran rosas. Me encontraba arrodillada rezándole a los cielos para que lloviera aunque fuera unos segundos, pues por estos lares la sequía es casi perenne, aunque el más viejo de la comunidad me contó que en tiempos remotos los aguaceros eran abundantes y hasta existían fenómenos meteorológicos llamados ciclones; en esa posición de genuflexión me hallaba cuando de pronto descubrí unas bolitas raras, una especie de frijoles transparentes en una grieta entre la pared y el piso del bohío. Las coloqué en la palma de mi mano izquierda, parecían lágrimas de gigante, tuve el instinto de hundir mi dedo en una zona más bien árida del patio; allí es donde prefiero rezar a los dioses para que traigan las aguas; abrí un hoyo, la arena estaba tan reseca y empegostada debido al excesivo calor que por primera vez no se borró la excavación. Introduje los granos y luego los tapé con la misma arena, alisé con cuidado la montañita, escupí varias veces sobre el espacio creado cual tumba de aquel llanto imaginario. Luego continué con mis rezos, y traté de olvidar ese pormenor. Pero resulta que cuando una tiene muy pocas cosas que hacer y es el caso de vivir en un cayo, o islote, o desgracia, como deseen nombrarlo, pues le da mucha importancia a las sencilleces. Y aunque esa noche dormí sin sueños ni pesadillas, al día siguiente me levanté directo al círculo de arena, marcado con una tira roja, para volver a regar aquellas semillas en forma de lagrimones. Tenía la garganta reseca y se me dificultó escupir, entonces decidí llorar, fijé los ojos en un punto, aguanté sin pestañear, sentí el cosquilleo, el ardor, las pupilas iniciaron su lubricación. Mi llanto sin motivos cayó sobre el montículo de arena. Repetí ese acto los días siguientes; una mañana, no sin asombro, divisé una presencia insólita, una suerte de tallo emergiendo del suelo. No me quedaba líquido con que rociar la planta, porque aquello sin dudas era una planta. Mi planta. Intenté escupir, pero no conseguí reunir la suficiente saliva; quise llorar pero no me concentraba de la alegría que me invadía, tampoco pude orinar pues ya lo había hecho y además no creo que el orine sea buen fertilizante para las matas. Entonces tuve una idea (nada más fácil en soledad que concebir ideas), corrí al interior del bajareque, busqué una aguja en un pajar, que literalmente era eso, pues mi único mobiliario está constituido por un montón de paja sobre el cual duermo y debajo del cual escondo mis más útiles pertenencias, mis tesoros: una aguja de coser tabaco como recuerdo de aquella antigua sociedad, una tijera de barbero, las primeras uñas cortadas de mi hija dentro de un pañuelito bordado en hilo blanco y doblado en ocho partes, un jarro de aluminio que me servía de cazuela para hervir los pescados, un collar de falsos diamantes y una sortija con una aguamarina incrustada heredada de mi abuela, unas zapatillas de ballet que había encontrado en la orilla de la playa justo el día en que cumplí los quince años. Bru, mi vecina, opinaba que probablemente la resaca las había traído y que podían haber estado horas antes en los pies de algún grumete travestido de bailarina, cuyo barco había naufragado.

—Los tiburones deben de estar haciendo en estos momentos digestión de bailarina exótica, ja, ja, ja.

Detesto a las personas que se ríen al final de las frases. La risa debe ser lo primero. Eso hizo sentirme muy triste, y las guardé como si hubieran pertenecido a Nijinski. Al fin y al cabo siempre deseé ser bailarina. Total, que hallé la aguja entre mis objetos predilectos, en lo más intrincado del pajar.

Regresé a toda velocidad a mi planta; ya mostraba síntomas de sequedad, de moribunda. Sin reflexionar dos veces hinqué el dedo anular de mi mano izquierda, una gota roja apareció, apreté la yema del dedo, mi sangre bañó el verdor del tallo. Pasé todo el día de guardia delante de mi obra maestra. Lograr algo distinto de un cocotero en el cayo de seguro lo era. Al caer la noche comenzó a lloviznar. «¡Oh Dios, me has escuchado!», no cesaba de exclamar mirando hacia la negrura de los cielos. Comenzó a arreciar y tuve que dedicarme a proteger mi planta, pues no quería de ninguna manera perderla en el torrente de fango en el que se había convertido la arena mezclada con lluvia. Busqué unos troncos e intenté desviar la mayor cantidad del riachuelo, luego construí una especie de choza diminuta encima de ella, de manera tal que nada pudiera herirla o tumbarla. Llovió durante una semana, yo estaba extenuada de tanto brincoteo de un lado a otro, pues aquí cuando llueve hay que aprovechar e intentar llenar al máximo cuanto recipiente se encuentre. Yo no poseía muchos, pero había logrado excavar en ciertos sitios, ahí donde la arena se volvía más resistente, unos improvisados refugios y aprovisionaderos de agua, de la cual me abastecía hasta que no quedaba más remedio que volver a esperar a que lloviera. Caí, entonces, rendida de sueño en mi pajar; creo que estuve durmiendo alrededor de dos días y medio.

Al despertar fui directo a admirar mi planta. Estaba preocupada conmigo misma pues aquel sencillo suceso se había transformado en una verdadera obsesión. ¡Oh, no podía creer lo que veían mis ojos, qué belleza! Allí había nacido una flor. Una flor incomparable, sus colores apenas podían ser determinados, entre el cristal sudado, el púrpura, el rosado carnal. En el tronco. los pétalos evocaban la piel de un recién nacido, en las puntas se agolpaba la linfa del mismo bebé, los capullos pequeños brillaban de intensa transparencia mojada. No pude contenerme y fui de bajareque en bajareque a divulgar la noticia:

—¡Oigan, amigos, oigan esto! ¡He sembrado unas semillas y resultaron ser unas flores hermosísimas! ¡Vengan a ver!

Los cuatro hombres y las tres mujeres se aproximaron incrédulos a mi patio. Admirados, sin embargo tampoco podían creer tal milagro. ¡Una rosa en el cayo! ¡Imposible! Sí, era una rosa. Ya hasta habíamos olvidado el aspecto que podían tener las rosas. Todos me felicitaron menos ella. La Bru. Empezó rectificando los colores. Para ella esos tonos carnales no se avenían con los colores respetables de una rosa, apuntó añadiendo que de seguro en algo debí de haberme equivocado al sembrarla. Luego le restó importancia. No había que perder el tiempo contemplando una vulgar rosa. De hecho la última guerra, que había diezmado a nuestro pueblo, había acontecido por culpa de la tontería de las rosas.

—No digas eso, Bru, te equivocas. Más bien fueron las rosas quienes dieron sus vidas por salvarnos, ellas se interpusieron entre el enemigo y nosotros. Los cañonazos acabaron con ellas, y de paso con toda forma de vida vegetal, menos con los cocoteros, ya sabemos que son invencibles.

Bru aseguró que haber creado rosas nos traería mala suerte, y soltó todo tipo de conjuras contra mi flor. Observándola de medio lado, echando espuma por las comisuras de los labios, repitió que las rosas eran realmente de una mediocridad insoportable.

—Para colmo son demasiado hembras, nada más piensan en parir botones. ¡Ahgr, qué asco! Todo lo contrario a mí, yo podría vivir sin hijos pero no sin Internet, sin fax, sin teléfonos.

Cierto era que de todos nosotros Bru era la única en permanecer el día entero conectada a la pantalla errante de su ordenador. Aunque en el mundo ya no sucedía absolutamente nada extraordinario. Salvo muertes y más muertes. Los ojos de Bru relampaguearon para en seguida regresar a su opacidad envidiosa. Desconfié; ya en dos ocasiones anteriores me había traicionado, la primera acostándose con el hombre que yo amaba, la segunda plagiándome unos poemas eróticos. Había decidido perdonarla. La vida es corta, me dije, de qué sirve guardar enemigos. Nunca debí haberla aceptado de nuevo.

Cuando todos se fueron, Bru quedó merodeando. Aproximándose demasiado a mi rosa, agarró un pétalo arrancándolo de raíz.

—¡No, Bru, ¿qué haces?!

—Nada, quería saber si existía de verdad; aquí son más las veces que vemos visiones. ¿Cómo hiciste para lograr tal obra maestra?

—Creía que no la considerabas así —respondí asombrada.

—¡Bah, estupideces mías! Dame la receta, te lo ruego. Me gustaría lucirla en mi jardín.

—Espera, Bru, espera a que tenga hijos. No podría dártela ahora, la mataría.

—¡Tú siempre pensando en los dichosos hijos! —refunfuñó alejándose.

Pero Bru no podía estar tan tranquila, pues a pesar de que en otros tiempos había sido ella la poseedora de los tulipanes más hermosos del planeta, los cuales fueron exterminados por una plaga de hormigas cabezonas de color violeta, ella sabía que aquel que lograra nuevamente ser dueño de una flor sería no sólo feliz, sino venerado por los miembros restantes de la comunidad. Bru comprendió que necesitaba urdir un plan para primero enterarse de quién me había facilitado las semillas de mis rosas, asunto de ella lograrlas de mejor calidad que las mías; o segundo, debía pedirme ayuda extrayendo con su actuada inocencia la mayor cantidad de información, después soltar sus espías y armar bretes; en una palabra, se había empeñado en destruir lo que tanto empeño y esfuerzo me había costado.

Primero creó con ayuda del ordenador y a través de la realidad virtual unas falsas rosas incluso de aspecto más rozagante que las mías. Por Internet halló los nombres de unos expertos y verificadores de rosas. Se comunicó con ellos, pero éstos le plantearon que si bien sus rosas parecían perfectas, por este mismo motivo no daban la sensación de ser reales, que ellos estudiarían el caso y dictaminarían si podían autentificarlas o no. Entretanto Bru pasaba los días quejándose conmigo y con los otros:

—¡Ay, mi Dios, no tengo suerte! Nadie quiere mis rosas.

A mí por el contrario me llovían las demandas. La Reina tal encargaba una tonelada de ramos para el aniversario de bodas, el Presidente mascual elogiaba en sus discursos la fragancia de mi jardín. Tuve miedo, un miedo descomunal e incontrolable. Eso no haría más que avivar la llama de la envidia. Como en efecto, algunas personas ajenas al islote, habitantes de otros sitios, iniciaron una mala propaganda en mi contra, inventaron una gran cantidad de chismes; por el contrario, los demás miembros de la comunidad, exceptuando las niñas, que aún no entendían de perversos sentimientos, me defendieron a capa y espada. Nunca haré lo bastante para agradecerles. Bru no daba la cara, más bien continuaba encerrada en su bajareque haciéndose la malquerida, insultándome por los cuatro costados.

—Es una desclasada. Nació en un solar y terminará en un solar. Lo veo venir —refunfuñaba.

Entonces decidí visitarla para llevarle unos hijos de mis matas, y también con la secreta ilusión de que me mostrara sus rosas falsas. Muy pocos en verdad habían podido apreciarlas, dado que Bru era extremadamente supersticiosa y no se las mostraba a nadie por temor a ser plagiada. Cosa rara, pues recordé que en cierta ocasión me había comentado que yo debía discutir en grupo mi método jardinero, que era lo que ella hacía con el suyo, lo exponía al criterio de los demás. No era cierto. Al verme llegar bajó los ojos recelosa.

—No necesito tus malditas rosas. Son vulgares porque no dejan de parir. No te preocupes, ya hice contacto con un experto en rosas, está dispuesto a autentificar las mías. Incluso publicará mi proyecto. Debes darte con un canto en el pecho, eres la primera en saberlo, no se lo he dicho ni a mi familia.

—¿Qué familia, Bru?

—La que vive en el islote vecino. Mis pobres padres que mueren por mí. Anoche salí al campo, miré a las estrellas e hice brujerías, pronuncié nombres, recé, grité. Todo ha salido a pedir de boca. Mañana seré la dueña de las rosas más cotizadas del universo. Espero estés contenta. ¡Oh, perdona si he sido dura contigo! De todas formas es a ti a quien debo el éxito de mi operación; si no hubieras tenido la idea de sembrar rosas es muy probable que yo no hubiera querido seguirte. Tú me iluminaste, nos has iluminado a todos, gracias, gracias... Sólo tú tienes la luz.

—Cada quien posee su luz, Bru —interrumpí.

Viré la espalda y me largué. No creía una palabra de su discurso. No estaba siendo sincera y de seguro algo maligno tramaba. Por lo pronto regresé a mi jardín; había ganado en dimensiones y olores, cada vez más florecido, cada amanecer lucía más hermoso. Podía sentarme en el portal de la casa y contemplarlo durante horas, días, meses enteros. El amor me embargaba, necesitaba amar, entregar mi ternura. Estaba dándome toda a ese jardín, pero también a mi hija, a mi hombre, a mis amigos. En mí había mucho amor, presentía que alguien estaba queriendo envenenarlo de mentiras.

Una soleada tarde de lluvia se presentó un policía exigiéndome el expediente que confirmaba el registro oficial de mis rosas. Respondí que no lo había hecho, que simplemente las había sembrado, había dado mi sangre por ellas. Puso cara de esto está poniéndose feo, luego de desconfiado.

—Mire, señora, tenemos una orden de arresto contra usted. Se supone que ha creado unas rosas verdaderas plagiando unas artificiales que ya otra persona había registrado antes que usted. ¿Me explico?

Negué con la cabeza esperándome lo peor. Y lo peor vino.

—El asunto es que, o quema ese jardín de inmediato, o tendrá que acompañarme a la estación de policía por atentar contra la sanidad y la propiedad social. Usted sabe que en este islote está prohibido sembrar rosas auténticas, ya en una ocasión fue motivo de guerra, luego hubo tulipanes y trajeron una plaga de hormigas cabezonas color violeta. ¿Recuerda? Estuvimos a punto de morir de una epidemia. Hemos prohibido todo lo que huela a flor natural.

—A propósito... —dudé—, no tengo idea de haberlo visto antes por acá. ¿Es de aquí?

—Sí, soy el producto de la realidad virtual de su vecina, la Bru. ¿No es fenomenal?

—¡Así que ahora se entretiene en crear policías, y hasta leyes, qué bárbara!

—Es cosa que no me incumbe, señora; yo sólo existo para velar por el orden. Y usted ha roto ese orden establecido, cuya legislación vigente decreta lo siguiente...

—Pare, pare, no se moleste. Ya sé, imagino lo que puede querer decretar, no soy idiota. No se preocupe; en seguida quemaré mi jardín.

—¡Oh, no tiene que hacerlo usted, sería inhumano obligarla, puedo ocuparme!

—¡Quite sus manazas, no se atreva a tocar ni un pétalo! Yo lo creé, yo misma lo destruyo, ¿no estará contra su ley?

—No faltaba más, señora. Está en todo su derecho. Adiós. Hasta más ver.

El policía partió con los ojos encendidos de ira. La misma ira que Bru tantas veces había contenido y disfrazado.

Mi hija llegó hasta mí y sentándose a mi lado, en el quicio de madera, pasó su mano por mi frente; las dos ardíamos de fiebre. Ella suspiró sin hallar palabras convincentes; era evidente que se esforzaba en consolarme.

—Mamá, lo he oído todo. No te preocupes. Mira, primero nos cortamos el pelo, luego cortamos las rosas, las lanzamos al mar, después quemamos las raíces, el humo perfumará durante días la atmósfera.

Mientras hablaba, el llanto surcaba sus mejillas.

Al rato llegaron los amigos. Ya se habían enterado. Uno de ellos nos contó una bella historia, sobre una versión de *El pequeño príncipe*; me dijo que me la regalaba, que yo podía escribirla. No era el momento adecuado para escribir algo tan conmovedor. Mientras las raíces de mis rosas desaparecían bajo las llamas, sentía que también yo iba convirtiéndome en cenizas. En la casa vecina, Bru iniciaba un proceso de sequedad.

Cuando todos se marcharon, cuando el campo quedó una vez más arrasado, y las olas se habían llevado a lo más remoto del océano mi descomunal jardín, se me ocurrió otra idea. Algo usual en los cayos tener ideas. Había una sola cosa que nadie podría destruirme. Sería yo la primera en sembrarlos. Entonces escarbé la resentida arena con idéntico esmero que antes. Puse mis pezones mirando en dirección a la tierra, los apreté con fuerza, ordeñé mis senos. Primero salieron gotas de sangre, dolía como ningún dolor conocido, luego comencé a regar leche, mucha leche. Era fantástico ver la leche de mis senos formando cientos de arroyuelos. En sus orillas comenzaron a crecer flores inéditas. Los capullos tenían forma de pezones. ¡Oh, cómo lloré de sensaciones, de gloria! No sólo las flores eran de inigualable belleza, sino que con ellas podría alimentar a las niñas y a los futuros niños de la comunidad. Además, nadie podía acusarme de olor a flores, porque más bien olían a leche verdadera, de la que hacía siglos nadie había visto. Y lo más importante, Bru no podría hacer nada en mi contra, pues para hacerlo debía haber experimentado el parto. Y ella es bruja, mas no mujer.

Los vecinos volvieron a ser muy felices con mi gran invento. Bru, sin embargo, espía desde detrás de las persianas de su ventana, preparando un plan infernal para acabar con mi nuevo jardín, para desequilibrar mi deseo. Al cabo de los años nacieron más niños, a quienes sus madres han amamantado, y cuando la leche ha abandonado los pechos de las mujeres, mi jardín de pezones los ha nutrido. Ahora podré sentarme a escribir la historia contada por aquel amigo. La del principito que sembró fresas en un campo vilipendiado.

CARTA A LOS REYES MAGOS

Estimados Melchor, Gaspar y Baltasar:

(Lo de *queridos* deberán ganárselo.)

Supongo que sospecharán el objetivo con el que una vez más les escribo. Se trata del premio, o deuda anual. Ustedes ya estarán hasta la cocorotina de que la gente siga pidiéndoles y hasta mendigando cosas materiales. Yo, este año, tengo un encargo muy diferente, un asunto espiritual, no exento de gran relevancia; incluso no tengo la menor idea de si entre sus posibilidades esté concederlo, pero yo soy insistente, una pituita, y como dice el refrán: no hay peor gestión que la que no se hace. Además, es una demanda colectiva; si bien seré yo la única que firmará la carta, contemplará también el deseo de mi esposo. Ya deben de estar acostumbrados al acomodamiento de los hombres, con perdón porque ustedes son masculinos, que sepa hasta ahora no se conoce Reina Maga; pues en el último minuto mi marido me dijo: «Mira, mi cielo, yo creo que debes ser tú quien te dirijas a ellos. Te comprenderán mejor a ti que a mí, corazón de melón, yo no sé cómo hacerlo...» ¡Con lo remal que me cae que me llame *corazón de melón*! A veces le cojo una giña. Nada, que aquí estoy metida en este enredo. El hecho es que, como deberán conocer, este año acabado de concluir tanto él como la que suscribe nos hemos portado como lo nunca visto, ¡de una disciplina de las que ya no se fabrican! A pedir de boca, sobrecumplimos las metas con notas de excelente. Fíjense, pagamos, ¿a que no adivinan qué? ¡Los impuestos! Como lo leen, quilo a quilo, y con el dolor de nuestras almas y de las cuentas de ahorro, pero p-u-d-i-m-o-s. Más que un problema de principios lo fue de bolsillo. Segunda conquista: hemos leído periódicos, lo cual nos contagió de una gastroenteritis emperraísima. No insultamos (aunque aquí diría una barbaridad) a las madres de los políticos ni un tantico así. Hasta por poco conseguimos quererlos, a los políticos, digo. Nos portamos como Dios manda, y miren que nos ha salido mandón. Que conste que la mayoría de las veces cuesta ser tan dóciles, oigan, porque con la cantidad de maldades y tentaciones que le ponen ahí a una al alcance de la mano, no es fácil seguir de largo y continuar por el camino correcto. Creo que soy feliz a ciertas horas de la madrugada, cuando leo, luego me duermo y sueño que salto la suiza, me caigo, me raspo las rodillas, pierdo los dientes de leche, ¡paf, la angustia me aplasta!

Podemos considerarnos satisfechos de nuestras respectivas realizaciones personales, y sin embargo, nos sentimos bastante hartos de la vida apaciguada que llevamos. Unos jodidos San Tranquilinos. Con perdón. No nos sentimos a gusto con nuestras conciencias. ¡De una hipocresía que sobra hasta para hacer postre! Y por momentos, ¡qué aburrimiento, respetables Reyes Magos! Ni una mala palabra dicha, pero sí pensada, ni una calumnia de frente, pero sí de espaldas, porque de frente se denominaría verdad, y no es que digamos mentiras, es que sin percatarnos actuamos en la mentira. La mentira puesta al servicio del beneficio personal. No es culpa nuestra; si no fuera así no podríamos vivir. Y como sucumbimos a la trampa diaria, pues la asumimos como si de la verdad se tratara. Hasta hemos perdido la capacidad de discernimiento. ¡Ah, este mundo de hoy, cómo confunde y trafuca los valores! ¡Ahgr, qué asco, ya ando otra vez hablando como una comunista, horror de horrores! ¡Bueno, ¿y qué?! ¿Por qué habrá que manejar los términos de capitalista, consumista, pobre o rico, de derecha o de izquierda, comunista o fascista? La gente debe ser buena o mala, y punto. Todo el mundo debiera tener lo necesario para vivir y basta. Lo necesario según los deseos de cada quien, añadiría mi abuela que en gloria esté. Cuando era niña, para mí existían sólo dos bandos, el de los justos y el de los injustos. Así era suficientemente comprensible. ¡Ahgr, qué asco tener responsabilidades!

Es por esta razón, apacibles y dentro de poco asombrados Reyes Magos, que decidí pedir algo fuera de lo acostumbrado. Ustedes dirán que me he vuelto loca, ¿y por qué no? ¿De qué hay que extrañarse, si el estado normal de la población planetaria es la demencia? Recordarán que desde que soy niña he estado rogando crecer. Yo lo que siempre he añorado hasta hoy fue crecer y crecer. De pequeña les suplicaba transformarme en menos de lo que canta un gallo en una esbelta muchacha. Detestaba ser niña; si hubiera sido niño tal vez habría ido mejor, pensaba. Pero tiempo después mi marido corroboró la sospecha que había venido apoderándose de mí; de niños la diferencia de sexo no es tan terrible, todo se reduce a espantarnos de ciertos ambientes y basta, en cambio de grande hasta te pueden espantar de la vida, y si no miren en Argelia cómo degollan mujeres. Y es que a mí me conmueve tanto mi causa que moriría por ella cien veces. Si ustedes gozan de buena memoria no ignorarán que una vez conseguida mi condición social de joven empecé a exigirles cada vez con mayor vehemencia convertirme en una mujer ejecutiva, culta, bella, insustituible, insuperable; en resumen, lo perfecto de lo perfecto. Sin obviar que además anhelaba encontrar un buen partido (no político), un hombre entero y no un mequetrefe, para casarme de traje blanco. No es que ustedes me hayan complacido en todo, no exageremos; incluso en ciertos detalles se comportaron bastante mezquinos, pero el resultado final no está mal y no me quejo. El caso es que al pasar revista de nuestras vidas, mi marido y yo hemos llegado a la determinación de que no queremos seguir siendo adultos. En una palabra, y ya lo suelto de un tirón, sin respirar: deseamos ser niños otra vez. Volver a la infancia. No crecer jamás. Y cuidar de nuestra rosa, igual que *El pequeño príncipe*. Es cierto que ambos hemos llegado a esta conclusión conjuntamente, pero cada cual posee sus motivaciones. Él explicará las suyas en el momento preciso. Las mías son las siguientes:

Invocados Reyes Magos, aclaro que quiero ser niña, y no niño. Allá mi marido con su condena. Si me dejaran elegir escogería de nuevo mi sexo. No piensen que por masoquismo, más bien por reafirmación poética, y no militante, pues confirmo por experiencia propia la ineficacia de esta última palabra. Aunque sé que el universo lírico de las criaturas resulta en sí mismo su acontecer diario, y que con mayor frecuencia varía, y que los juegos de antaño no constituyen los de la actualidad, y tal vez las diferencias sean menores entre los sexos. Aunque tampoco creo para nada en la igualdad, yo abogo y pretendo el equilibrio. Porque de igualdad a uniformismo hay un tilín de nada, y entre uniformismo y demagogia apenas existe contrasentido. Volvería a ser la niña que fui, estrenando el coraje al que sólo la inocencia incita. Enfrentando sin titubear la aventura diaria, anticipándome a los impulsos de las personas mayores. Utilizando la hipocresía como cuento fantástico y no como daño o martirio. Mentía exclusivamente porque lo hallaba agradable, nunca con la venganza de construir un imperio. Por ejemplo, una tarde la vecina llegó desesperada, necesitaba un huevo prestado; su hijo de ocho años había llegado de la escuela, ella no tenía nada para darle de comer. Eran los años setenta y estábamos pasando un hambre de ampanga, una más. Yo sabía que mi madre había comprado en el mercado negro una docena de huevos y que los escondía con celo en la parte baja del refrigerador, ni ella misma se atrevía a comérselos, me estaban absolutamente destinados por mi condición de niña. Mi madre respondió a la vecina que lo sentía mucho, pero que a nosotros también se nos había acabado la cuota. Pude haber seguido la rima de la mentira de mi madre, pero no quise, el cosquilleo fue mayor que el respeto, ni lo pensé dos veces. Interrumpí desenmascarando a mamá, halé la cubeta destinada a las ensaladas, mostré el nutritivo tesoro. «¡Aquí hay huevos, mami, aquí hay, míralos!» Mi madre, roja de vergüenza, o de ira, se agachó e indecisa tomó dos, regalándolos a la mujer, quien aceptó ni corta ni perezosa, sin pronunciar tampoco el más mínimo reproche. Ella habría actuado de idéntica manera, se hubiera comportado con la misma tacañería. Al cerrar la puerta, mamá me dio un sopapo en el tronco de la oreja que me dejó sorda una semana. Yo gozaba más por el acto de la delación que por haber dado de comer a otra persona. Ése es el tipo de crueldad infantil; en el fondo representan actos de buena fe, de amor al prójimo en la ruta del aprendizaje humano. O constituyen reacciones ante la maldad imbuidas por una orden del subconsciente transmitida de generación en generación. Gran secreto, porque nadie negaría que los niños son todo amor, por supuesto también con su dosis de malintención irracional. En la infancia, la ingenuidad nos da una libertad que luego el análisis nos escamotea en la adultez. ¿Y es que existe el amor adulto sin el acecho del temor y la envidia? «Los niños son los que saben querer», escribió en un libro maravilloso el poeta José Martí. Ese libro se titula *La edad de oro*, y ojalá todos los adultos del planeta lo hayan leído en sus infancias. Su lectura es otra de las emociones que me encantaría reiniciar con el alma virgen.

Lo único que no me gusta de regresar a la infancia es el tema Escuela. Nada más imaginar los exámenes se me eriza la coronilla. Desde luego, mirándolo de cerca son más las ventajas que las pérdidas. Si volviera a ser niña, les juro, y no se arrepentirán, que sería la misma pero sin tanta prisa. Quedaría horas de horas mataperreando en la calle, fajándome a piñazos con los pandilleros, revolcándome en los escondites con los varones; quizá no jugaría tanto a enfermarme. Una de las ganancias más atractivas, caso de que ustedes concedieran mi deseo, será liberarme de la cita mensual con mis ovarios, no me van a negar que es un fastidio. Aunque,

¡cuánta emoción volver a desarrollar pezones, y estudiar frente al espejo cómo va empinándose el culango! Ejem, perdón, no es más que una frase provocadora.

Otras de las razones por las que me apetece recuperar mi antiguo estatus de criatura son que tendría la oportunidad de soltar por esta boca lo que me viniera en gana, cantarle las cuarenta a todos esos gordos, calvos, arrugadas, pellejúas, desteñidas, celulíticas, operadas, pelandrujas, canillúas, y partía de breteros en general, quienes pretenden nombrarse mis flamantes compañeros de trabajo. Unos desahuciados sin fantasía.

En otra época, lejana ya, mi familia sucumbía preocupada por mí, cosa que desde luego ahora no hacen; ellos no aparecen si no es para mortificar y armar enredos. Antes se batían conmigo, todo el santo día andaban detrás de mí: «Esta chiquilla se va a secar, no tiene apetito ninguno, está más flaca que un güin, que si patatí y patatá...» En la actualidad protestan por mi magnífica relación con la comida: «Oye, mi vida, no sigas engordando, adónde vas a parar, no dejas de embutirte...» Si fuera otra vez niña, ¡cómo me traumatizaría con lo del cuento de los regímenes! Amaría comer como no lo hice. Devoraría un tambuche de chicharrones de puerco con platanitos maduros fritos y papas rellenas chorreando grasa y malta Hatuey a granel bien fría con leche condensada y hielo machacado, delicia de delicias. Resulta que fui anoréxica sin saberlo. La infancia era una ociosa delicia.

Si me viera con nueve años reanudaría los juegos intrépidos con mi primo y mi vecino, ¡madre, qué cosquilleo en la rabadilla! Me libraría del trabajo, adiós oficina, chao dolores de cabeza y palpitaciones a la izquierda del pecho, culpa del degenerado del jefe que no me acaba de pagar el mes pasado. Al único gesto humillante que me vería obligada sería a estirar la mano para que los mayores colocaran la remesa en la palma y a otra cosa, mariposa. ¿No será una irresponsabilidad ansiar esta regresión? Pensándolo bien, no. Prefiero mil veces jugar a la guerra con bazucas de plástico (aunque jamás experimenté afección por este tipo de entretenimiento) a sentirme un juguete en manos de los artífices de batallas reales, las guerras generadas a cada segundo en los cerebros de los que nunca poseyeron niñez.

Reyes Magos, por favor, concédanme esa gracia, devuélvanme ese derecho. ¿Que no constituye un derecho? Pues debiera serlo, por un mínimo de admiración y respeto a la humanidad. ¡Oh, por favor, no menosprecien mi ruego! Todavía es y pido a la ONU que les condene. No, no se preocupen, no me atrevería a semejante inconsciencia, cuando hay tantos horrores que condenar.

¡Qué bendita despreocupación sacarme los mocos y pegarlos en el pupitre! ¡Cómo me divierto halándole la trenza a la anormal de mi prima! Ahora iré con el cuento a mamá de que fue ella quien robó el pudín.

¡Ja, ja, ¿quién iba a ser sino yo?! Anoche, antes de acostarme, no dejé ni la salsa acaramelada. La sangre me bulle a todo meter de la roña que me invade, debiera poner una bomba en el auto de mi padre, anteayer al mediodía lo trabé con su amante a la salida del cine. ¿Lo suelto en la cena como quien no quiere la cosa? Mañana diré a la maestra que no pude asistir a la escuela porque tuve que presenciar el funeral de mi madre, fallecida de un ataque al corazón. ¡Aaaah, cómo me encantaría ser niña para poder jugar con mi hija! Ser su confidente, y así esperar a que me cuente lo que piensa de mí, sin que sospeche que soy yo quien la llevó nueve meses en el vientre, la pesadísima que la regaña sin compasión por cualquier travesura. Qué hermoso enfrentar a la naturaleza con ternura, sumergida en su interior como en un útero, vibrante de cariño; mi piel impregnándose de sus partículas. Qué sensación inefable cuando mis poros fueron inoculados por el mar en aquel mediodía en que mis tímidos pies rozaron las olas. ¡Ah, el temor ante lo desconocido, ah, la valentía nacida de ese temor! Luego venía la dicha de la sabiduría, en el simple gesto de zambullirme en el índigo espejeante. Contenía la respiración temblando de presentimientos inéditos.

¿Y cómo veía yo la vida en aquel entonces fugaz momento infantil? Consistía en un espacio demasiado extenso por delante de mí, una especie de distancia honda y vasta, un sueño en espera de ser soñado. Hoy deseo ser niña, no tan sólo para aprovechar las ventajas, sino para sufrir semejante a los niños, arrebujados en la duda y preguntando: ¿qué es la vida? Y nadie responderá, pues andarán ocupados haciendo otras cosas, es decir, viviendo; y no tendrán tiempo para preguntas tan tontas. Entonces sólo me importará saber, averiguar un poco más. Y la vida, ¿qué es? El silencio acudirá, su breve sonido nocturno estimulará mi curiosidad, y lógico, me entrarán aspiraciones inmensas de vivir despacio. No como ahora, donde las respuestas sobran: la vida es esto, te equivocas, es lo otro, o lo de más allá. Todos matándose por ofertar su opinión apresurada acerca de la vida, no es que piensen con profundidad en el tema, sucede que les urge en exceso ser tomados en cuenta, cosa de no pasar inadvertidos para una cámara de televisión. Así pasa el tiempo, así también lo perdemos para siempre. Mientras que de niña yo corría en ralentí detrás de la vida y ella era ese dulce misterio. Contenido, dosificado. Y para vivir, sin extrañarme de la presencia oculta de la vida, es que desearía acariciar con el pavor y la credibilidad de la inocencia.

Estoy segura de que observaré el mundo con el poder del milagro, con poesía, con, con... tatatahuah, ag, ag, ag, ag, tatatahuuuaaah (imitación de gorjeos de bebé, el cuerpo va replegándose, irá recogiéndose hasta quedar en posición fetal, como protegido en el interior de un útero). Uuuuaaaah, uuuuaaaah. (Llanto de recién nacido.)

UN PASEO PROMETIDO

—

A Fernando Schwartz y Basilio Baltasar

Querido Fernando, eres demasiado elogioso conmigo, eso me corta como la leche y olvido escribir. Por suerte, digo, más bien por desgracia, acabo de recibir una carta de África Anglés, perdón, confundo el más mínimo detalle, no es de África Anglés, sino de mi madre. Ella se queja de Cuca Martínez. Antes de enviar el manuscrito a La Habana escribí una extensa carta explicándole una vez más de lo que se trataba, de una novela. Aunque ella sabe perfectamente lo que es una novela, pero lo que yo, su hija, escribo, pues ella nunca sabe. En la carta que vengo de recibir, ella se refiere a Cuca Martínez utilizando la tercera persona, de tal manera evade implicarse en la primera, así aleja a Cuquita de su persona. Y eso que intenté aclarar que la novela era un homenaje, para nada su vida, no un escándalo. Esto me ha puesto muy triste y me impide escribir como sólo sé hacerlo, triturándome los nervios y más abajo, los ovarios. Entonces releo a Roland Barthes, su *Fragmento de un discurso amoroso,* y quedo más lela aún.

En estos días y debido a mi estado de ánimo he hablado mucho rato con África Anglés. ¿Has visto que no puedo evitar llamarla con el nombre y el apellido? También converso con su sobrino, que ya tiene un rostro. No, no pienses en ningún actor conocido. Tiene el rostro de Basilio. Y Carlos, el amante torero, también tiene su cara. Si fuera directora de cine pondría al mismo actor a trabajar los dos personajes. Sí, sí, sí, África, no tienes que decírmelo, ya sé lo arriesgado que es. ¿Has visto, Fernando, lo protestona que se ha vuelto? Ella no se deja manipular ni un tanto así.

Y si converso tanto con África Anglés es porque mi madre se ha vestido de ella, mi pobrecita mamá, allá en el Vedado. ¿Y si ellas tres, mi madre, África Anglés y Cuquita Martínez se tropezaron a las puertas del Salón Rojo del Capri, y en el interior, allá, por aquella época de tropelajes?

Ahora me le paro bonito: «África Anglés, ¿por qué carajo no escribí un personaje como el tuyo, cosa de que mi madre no se entrometa y me detenga la escritura?» África Anglés responde, tan altiva en su mohín de enamorada: «Criatura, nunca es tarde si la dicha es buena.» África Anglés saborea la palabra criatura, ella es de las que puede paladear el idioma como si de una *crème brûlée* se tratara.

El otro día estuvo contándome lo que más le gustó de La Habana. No fue sólo el Malecón, para que veas, sino ese vertiginoso movimiento de piedras y verdores que es el Vedado, las casonas construidas allá por los años treinta y cuarenta. Añade que le agradó subir las calles empinadas y sentirse tan próxima del sol. Un sol achicharrante y almibarado. Susurra que además recuerda con pasión el guarapo, aquella bebida espumosa color verde botella que suda la caña al ser exprimida, o estrangulada en los trapiches de las cafeterías. Aclaro a África Anglés que hace mucho que no vemos el guarapo, y ella sonríe, con un dejo rozando lo cínico, como adelantándome que ya habrá guarapo y de todo, que no me apure. Oh, Fernando, qué bien le queda esa arruguita irónica debajo de la nariz y a la izquierda del labio. Contó también que ella conoció a Catalina Lasa, en la época en que vivía en París, era una mujer elegante, bella, culta, hasta inventó una rosa color carne que lleva su nombre. Lalique se desplazó hasta La Habana para construirle una tumba de cristal.

África Anglés es muy rigurosa con las premoniciones. Una sibila que eriza los pelos, alguien que no juega con los recuerdos si no es para interpretarlos, cual sueños enterrados. Una vez que anuncia que irá a recordar, recuerda de verdad, a fondo, y en ello le va la vida. De sus visiones saca conclusiones, dibuja el porvenir, cae en trance, le entran temblores. Si no fuera ella, África Anglés, yo diría una negra santera del Callejón del Chorro montada por Yemayá, la diosa madre del agitado y severísimo océano.

Otro de los sitios que le fascinó de mi ciudad fue el paseo del Prado. Cierra los ojos y recuerda que la noche estaba fresca, raro, con el calor que siempre se manda. Que los árboles se mecían entonando una melodía de ramajes, aliñada con la brisa marina. *La Valse* de Ravel para dos pianos. Al final del paseo se encabritaba el mar, anunciando tormenta; de buenas a primeras empezó a chinchinear, a rebotar en el mármol de los bancos una llovizna jodedora (ella no utilizó esa palabra, ella dijo *fastidiosa*) que muy pronto se convirtió en aluvión de goterones salados, casi amargos. Después tuvo que correr a guarecerse debajo de los portalones porque aquello fue transformándose en cerrado velo de ráfagas, en una guillotina de agua; a lo lejos parecía que el mar se le vendría encima. Ella no andaba sola, por supuesto que no.

Musita África Anglés, muy seria, cabizbaja, pero gozadora hasta más no poder en lo más íntimo, que entre aquellas columnas redondas de mármoles y granito enmohecido recibió los besos más dulces. El huracán empapaba sus cuerpos, los rayos y centellas fueron testigos perennes. Las lágrimas rodaban trabajosamente a causa de la costra de salitre sobre su cara. Él no cesaba de declarar su amor. Ella tuvo tiempo de preguntarse si en ese instante se le estaba concentrando toda la vida. Confiesa que se preguntó tantas barbaridades que aún hoy se sonroja. Luego se abandonó al deseo. Recuerda que vestía un modelo color marfil bordado en hilo y adornado en encajes de guipur, o de Brujas, no logra precisar, una especie de bata cubana que la hacía parecer antigua y caprichosa, eso le gustaba, a él lo sacaba de sus casillas, pues el vestido adherido a la piel transparentaba sus encantos.

Escampó, allá escampa de un tirón, entonces sintió vergüenza, él la cubrió con su chaqueta de paño francés. No consigue olvidar el olor de la noche allá, a mango, a yerbas acabadas de arrancar, a brea removida, a un no sé qué tan semejante al de san Juan de la Cruz. ¡Ah, cómo la entiendo!

A cada rato tengo actos fallidos y la llamo *madre*, me hace saber que para ella es una tortura escuchar esa palabra. Aunque no estoy tan segura de que lo tome con afán, tampoco creo que la insulte. Presiento que con ello transgredo su zona más secreta, que hurgo en su renunciamiento, y temo que lo reciba como reproche. Tú que te comunicas mejor con ella, explícale, por favor, Fernando, lo que me ha sucedido. Quise regalar una novela a mi madre y equivoqué el personaje, preferí contar y parece que resucité monstruos.

El mar se introduce en mí, soy oleaje, salitre, espuma a la orilla de la playa. ¡Qué suerte tienes con poder oler el mar, Basilio! Aunque sé que tu océano huele diferente al mío. ¿Cómo describir aquellos efluvios, el perfume marítimo de mi isla? Escribo bajo el placer del misterio poético, un goce que tritura y acapara. ¿Deberé seguir? A las cuatro de la madrugada salgo a mirar en una vidriera una lámpara de colores que me recuerda una mariposa de allá. Puede que mañana la compre. Pero siempre que voy a verla al día siguiente es menos bonita que cuando he terminado de escribir a altas horas de la noche.

Nunca te pregunté, no estoy segura de que lo haya hecho, si es cierto que tu mamá nació en La Habana. Y ya que no tengo la certidumbre, puedo imaginarla paseando por el paseo del Prado, protegiéndose del sol con una sombrilla nacarada. Va sonriéndole a las copas de los árboles, en dirección al Malecón. Sospecha que cada tarde un posible ciclón la espera, y allí, sentada en el muro, sueña con otras tierras tranquilas. El paseo del Prado tiene bastante de las Ramblas de Barcelona. Antes a cada lado se erguían majestuosos edificios como barcos anclados. En la actualidad la mayoría de estos inmuebles son magníficas ruinas narrando desconsideradamente un pasado milagroso. Me duelen las ruinas, no consigo admirarlas. Sin embargo, al contemplarlas en fotos inspiran en mí un amor muy tierno. Desearía besar, arrullar cada arenilla que se desprende de ellas. Imagino que cruzan el mapamundi y vienen hasta acá transformadas en polvo enamorado. Así me reconcilio con mi desmoronada juventud.

En mi película, que es tan extensa como el transitar de una nube por el sueño, veo a tu mamá acompañada de un caballero antiguo. Luce la estatura, los ojos, el verbo de Fernando. Les espío, ellos ignoran que mi deseo les traslada a las calles que anhelo mostrar a cuanto viajero conozco. Llegan, por fin, a la altura de la estatua de Juan Clemente Zenea, el poeta fusilado en el siglo pasado, el primer traductor de Alfred Musset. Ella coloca un caracol al pie del monumento, tal vez para que en noches de mar muda el espíritu del poeta pueda deleitarse con el vaivén de las olas. Ahora atraviesan la avenida.

Ya están del otro lado. Fernando toma a la mujer por debajo de las axilas, cargándola en vilo, para en seguida ayudarla a acomodarse sobre el muro áspero. La mujer no deja de sonreír con delicadeza, está en el colmo de la felicidad, del delirio. Sus rostros ahora han quedado muy juntos, sólo un halo de brisa impide que los labios se encuentren. Entonces vuelven a separarse, conversan animados. Él le muestra un barco a lo lejos, una mancha imperceptible en el horizonte. A ella no le hace falta voltear el cuerpo, descubre la emoción en el brillo húmedo de las pupilas masculinas. Transcurre alrededor de una hora, demasiado rápido para sus aspiraciones. El neblinoso salitre vela la escena, lo cual impide que pueda continuar leyendo en sus labios las frases que ellos se regalan, sus mutuas confesiones.

Ella cierra la sombrilla, el viento ha querido arrebatarla de sus manos enguantadas en blanco. Estruja el cabo y ahora reposa los antebrazos sobre la falda plisada. Más que un gesto de reposo es un ardid para que el viento no alce su falda. Él se percata de la incómoda situación y tomándola de la mano atrae a la mujer hacia sí; ella desciende de un salto gracioso. Sus cuerpos tropiezan erotizados. Caminan por el cinturón de la bahía, la ventisca arrecia con furia descomunal, sin embargo el sol no varía su carga de llamaradas. Los observo: pareciera que se irán volando de un instante a otro, cual dos novios de Chagall.

Estamos a la altura del puerto. La pareja se pierde por la calle Luz, doblan por San Ignacio hacia el antiguo barrio de San Isidro. Un sitio poco recomendable, malo, marginal. Temo por ellos, tan llamativos debido a la elegancia de ambos. Aunque las calles están desoladas. A veces surge algún que otro pandillero, o un perro perforado de llagas. El paisaje da sed. Ellos no dan la más mínima prueba de fatiga. Planean en un limbo absolutamente inexplorado, ni siquiera por la obra de un pintor, o por la prosa de un escritor.

Al pasar junto a un palacete percibo, en un patio morisco, una fuente desde cuyo grifo, el agua gotea a duras penas, vacilo en si ir a mojar o no mi boca reseca, ¿y si los pierdo? ¿Y si se rompe mi sueño? «Alánimo, alánimo, la fuente se rompió; alánimo, alánimo, mandarla a componer», tararea una voz infantil similar a un ángel desde un balcón a punto del desplome. Vuelvo mi mirada a la fuente y no está, ha sido un espejismo y me alegro. Así me libro de las tentaciones, de los pretextos para interrumpir la aventura onírica, o fílmica.

Ellos avanzaron bastante, me llevan dos cuadras de distancia. La mujer, tu mamá, Basilio, vuelve a enarbolar la sombrilla, aunque se hallan en la acera bañada por la sombra de los viejos edificios. Detenidos en medio de la placita se atreve a descansar su cabeza en el brazo izquierdo del hombre. Corro hacia ellos. Fernando, aún más audaz, la enlaza por la cintura. Ella lo deja hacer. Se siente satisfecha. Yo lo estoy también.

Los establecimientos comienzan a abrir con pereza de mediodía. Las puertas de acero son rodadas con los clásicos ganchos de hierro por hombres bellos en su tosquedad. En los interiores reinan el mosquerío y la ausencia. Moscas, sólo moscas, peste a mugre y a humedad. El espectáculo es triste, la edad me permite recordar una cierta exuberancia de otrora, la calle Muralla donde los polacos vendían helados de frutas en las heladerías llamadas El Anón, o la calle Jesús María adonde acompañaba a mi abuela a lavar sábanas y la ropa salía hirviendo, pulcrísima, con «olor rico a chino», así decía yo, para mí el aroma a ropa recién lavada correspondía al perfume de los asiáticos, o la plazoleta del Convento de Santa Clara, donde celebrábamos los carnavales infantiles, los planes de la calle, y acudían payasos y muñecones, hasta en una ocasión apareció Camilo Cienfuegos, el héroe de Yaguajay. Yo contaba tres meses de nacida, no puedo acordarme, pero mi familia siempre lo ha contado.

En los rostros de la pareja aflora de golpe la angustia. Si no fuera porque podría destruir el sueño iría a pedirles que no se pusieran melancólicos, que prefiero verlos enamorados en su recorrido por la ciudad. No desearía que el más mínimo detalle arruinara el paseo. No soportaría la separación. A través de la pareja he podido regresar a los rincones de mi obsesión, a los resquicios de mi alegría. Espero que el hechizo no se desvanezca. Sería triste.

NEFERTITI HABANERA

—

A Lucrecia

Andándome las venas otra vez la reina a ritmo de
guaracha
salpicándome de melaza los entresijos de la escritura
ay cómo me saca el solar de las caderas y el feeling *me*
lo revuelca
gozador en el entreseno   ahí   donde palpita su voz de
canistel
Ella es nuestra Nefertiti habanera
cabronzona como nadie en el bolero oloroso a maíz
tostado
su quejido es el que todas nosotras   hijas de Oshún y
de Yemayá Olokun
quisiéramos poseer para sonsacar a los varones
en una tarde de ciclón en el Callejón del Chorro
y poder jugar a los agarrados y agarrarnos los pubis
mientras ella entona goterón a goterón
la satería y santería de las cuarterías del barrio
Ella   nadie se rompa el coco   es el relámpago de la
madrugada

y es su sudor almibarado   es el ron rodando por los
entremuslos
de una cuarterona botándose de salá
Ella es el emblema de todas las diosas cantoras
que nos cortaron de la infancia
Isolina Carrillo María Teresa Vera
la Freddy Olga Guillot La Lupe Celia Cruz
Ella es todas en la distancia y además es sólo ella
porque sí
porque sanseacabó y porque le da la real gana de
sentarse
en el taburete del ruiseñor
y cantarle las cuarenta cual anacaona encabritada
es capaz de subirle la parada a Catalina Lasa
inventando como ninguna su rosa
Andándome otra vez la Nefertiti del bolero
brincoteándome   sandungueándome en los poros
como toda una única
nada más escucharla y se me monta a las amígdalas
el aguardiente de la nostalgia
Ah Lucrecia muchachita y machacona
entibia pecho y nalgas y corona la noche de mar-pacíficos
con la melodía de la manigua que llevas guardada en
la cartera
Dale que tú tienes por lengua un girasol
por dientes las cuentas nacaradas del océano
mira que en tu garganta se enternece la frescura del anís
y borbotea el flan de calabaza a fuego lento

y tus cuerdas vocales ondean cual cañas bravas
enhiestas hacia ese cielo tisú
Andame otra vez reina despójame dame fuerzas
para escribirle a ese varón así como tú cantas
que yo lo amo con tu voz

Este poema fue hallado escondido en la túnica de la poetisa griega Anyté de Erinnia, discípula de Safo de Lesbos, en el instante de su muerte a manos de su amante, otra poetisa menos talentosa, pero igual de bella, la Teognia de Hiedra, en el siglo VII antes de nuestra era. Todo parece indicar que Teognia de Hiedra decidió estrangular a Anyté de Erinnia, luego de envenenarla con ostras nadando en su propia menstruación, a causa de los celos por la relación de Anyté con Manasydika, ingenua adolescente, y la admiración de la gran Safo por la obra de la de Erinnia. Aún no ha sido esclarecido si el poema pertenece a Anyté de Erinnia o si fue escrito para ella por una bella desconocida. Algunos expertos aseguran que el poema fue hallado por la despechada luego de haber asesinado a la brillante poetisa, otros dan a entender que el origen del crimen fue justamente el descubrimiento del poema, al sentirse traicionada por partida doble, sexual y artística. El texto ha gozado de varias traducciones y ninguna se parece, es por esa razón que decidimos seleccionar versos de cada una de sus traductoras y así conformar nuestro poema en una suerte de rompecabezas lingüístico; tal vez nada tenga que ver con aquel texto original escrito por la divina Anyté de Erinnia, o por la bella desconocida, pero al menos no hemos traicionado el espíritu, deseo y presentimiento de todas aquellas mujeres que decidieron volcar su sentido al castellano, perdón, al cubano. Ellas fueron: María La Gorda (reconocida pirata), Gertrudis Gómez de Abolladura, la condesa de Merlón, María Se Peda, Candelaria Figuenredo, Juana Borrero y Borrasca, Dulce María Leytenaz, Carilda Oliver Labraenelmar, Fina García Moncruz, Clava Solís, Mercedes García Ferrer, Juana Bacallao, Wendy Guerra, entre otras a quienes no merece la pena mencionar, pues muy poco aportaron a las versiones anteriores.

La Habana, París, entre 1988 y 1998.

ÍNDICE

CENTRAL LENDING LIBRARY

THE FREE LIBRARY OF PHILADELPHIA

3 2222 11026 7905

10/99 x